SV

Band 770 der Bibliothek Suhrkamp

Thomas Bernhard

Der Stimmenimitator

Suhrkamp Verlag

Dritte Auflage 1991

Druck: Nomos Verlagsgesellschaft, Baden-Baden
Printed in Germany

Der Stimmenimitator

Nahe Oslo haben wir einen etwa sechzigjährigen Mann kennengelernt, der uns noch mehr über jenes Altersheim berichtete, als wir schon aus Hamsuns Aufzeichnungen über sein letztes Jahr kannten, weil er genau zu jener Zeit in dem Altersheim beschäftigt gewesen war, in welcher auch der größte norwegische Schriftsteller dort existierte. Der Mann war uns schon längere Zeit durch seine Schweigsamkeit in jenem am Freitagabend naturgemäß lauten Gasthaus nahe Oslo aufgefallen, in welchem wir mehrere Tage übernachteten. Nachdem wir an seinem Tisch Platz genommen und uns vorgestellt hatten, erfuhren wir, daß der Mann ursprünglich Philosophiestudent und zu Studienzwecken unter anderem vier Jahre in Göttingen gewesen war. Wir hatten ihn für einen norwegischen Schiffskapitän gehalten und waren an seinen Tisch gekommen, um noch mehr über die Seefahrt zu hören, nicht über Philosophie, vor welcher wir ja aus Mitteleuropa nach Norden geflohen waren. Der Mann hatte uns aber mit Philosophie in Ruhe gelassen und gesagt, daß er die Philosophie tatsächlich über Nacht aufgegeben und sich mit siebenundzwanzig Jahren der Altersfürsorge zur Verfügung gestellt habe. Er bereue seinen Entschluß nicht. Gleich seine erste Aufgabe sei es gewesen, einem alten Mann aus dem Bett zu helfen und ihm sein Bett zu machen und wieder in sein Bett zu legen. Dieser alte Mann sei Hamsun gewesen. Er habe Hamsun viele Monate lang tagtäglich in den hinter dem Altersheim gelegenen Garten geführt und ihm jene Bleistifte im Dorf gekauft, mit welchen Hamsun sein letztes Buch geschrieben habe. Er sei der erste gewesen, der den *toten* Hamsun gesehen habe. Damals sei ihm naturgemäß noch nicht klar gewesen, wer Hamsun, dem er das Leintuch über das tote Gesicht gezogen habe, gewesen sei.

Der Stimmenimitator

Der Stimmenimitator, der gestern abend Gast der chirurgischen Gesellschaft gewesen ist, hatte sich nach der Vorstellung im Palais Pallavicini, in welches ihn die chirurgische Gesellschaft eingeladen gehabt hatte, bereit erklärt, mit uns auf den Kahlenberg zu kommen, um auch da, wo wir immer ein allen Künstlern offenes Haus haben, seine Kunst zu zeigen, natürlich nicht ohne Honorar. Wir hatten den Stimmenimitator, welcher aus Oxford in England stammte, aber in Landshut zur Schule gegangen und ursprünglich Büchsenmacher in Berchtesgaden gewesen war, gebeten, sich auf dem Kahlenberg nicht zu wiederholen, sondern vor uns etwas vollkommen anderes vorzuführen als in der chirurgischen Gesellschaft, also vollkommen andere Stimmen auf dem Kahlenberge zu imitieren als im Palais Pallavicini, was er uns, die wir von seinem im Palais Pallavicini vorgetragenen Programm begeistert gewesen waren, versprochen hatte. Tatsächlich imitierte uns der Stimmenimitator auf dem Kahlenberg vollkommen andere mehr oder weniger berühmte Stimmen als vor der chirurgischen Gesellschaft. Wir durften auch Wünsche äußern, die uns der Stimmenimitator bereitwilligst erfüllte. Als wir ihm jedoch den Vorschlag gemacht hatten, er solle am Ende seine eigene Stimme imitieren, sagte er, das könne er nicht.

Rufmord

Zwei Philosophen, *über* die schon mehr Schriften erschienen sind als von ihnen selbst und die sich, nachdem sie sich jahrzehntelang nicht mehr gesehen hatten, eines Tages ausgerechnet in Goethes Wohnhaus in Weimar wiedergetroffen haben, wohin sie, naturgemäß jeder für sich und aus der entgegengesetzten Richtung, allein zu dem Zweck, die Lebensgewohnheiten Goethes besser kennen zu lernen, gereist waren, was ihnen beiden, weil es Winter und also recht kalt gewesen war, die größten Schwierigkeiten gemacht hatte, versicherten sich bei diesem unerwarteten und tatsächlich für sie beide peinlichen Zusammentreffen der gegenseitigen Hochachtung und Verehrung und kündigten sich auch gleich gegenseitig an, daß sie sich sofort, wenn nachhause gekommen, in die Schriften ihres Kollegen vertiefen werden mit jener Intensität, die diesen Schriften angemessen und würdig sei. Als aber der Eine von ihnen sagte, er werde in der Zeitung, die, seiner Meinung nach, die beste sei, über seine Begegnung im Goethehaus in Weimar berichten, naturgemäß in Form eines philosophischen Aufsatzes, wehrte sich der Andere augenblicklich dagegen und bezeichnete das Vorhaben seines Kollegen als Rufmord.

Fourati

In Montreux am Genfersee waren wir auf eine auf einer Parkbank am Ufer sitzende Dame aufmerksam geworden, die von Zeit zu Zeit auf eben dieser Parkbank die verschiedensten Besucher empfangen und wieder entlassen hat, ohne sich auch nur im geringsten zu bewegen. Zweimal ist ein Auto am Ufer vor ihr stehen geblieben und ein junger uniformierter Mann ist ausgestiegen und hat ihr Zeitungen gebracht und ist wieder weggefahren, wir hatten gedacht, daß es sich um ihren Privatchauffeur handeln müsse. Die Dame war in mehrere Wolldecken eingewickelt gewesen, ihr Alter schätzten wir auf weit über siebzig. Manchmal winkte sie einem Vorübergehenden zu. Wahrscheinlich ist sie eine jener reichen und vornehmen Schweizerinnen, die im Winter am Genfersee leben, während ihre Geschäfte auf der ganzen übrigen Welt weitergehen, hatten wir gedacht. Die Dame war, wie wir bald informiert gewesen waren, tatsächlich eine jener reichsten und vornehmsten Schweizerinnen, die am Genfersee den Winter verbringen; sie war seit zwanzig Jahren querschnittgelähmt und hatte sich in diesen zwanzig Jahren beinahe täglich von ihrem Chauffeur an das Ufer des Genfersees fahren und auf immer derselben Bank absetzen und mit Zeitungen versorgen lassen. Montreux verdankt ihr seit Jahrzehnten fünfzig Prozent seines Steueraufkommens. Der berühmte Hypnotiseur Fourati hatte sie vor zwanzig Jahren hypnotisiert und nicht mehr aus der Hypnose befreien können. Fourati hatte damit nicht nur das Leben dieser Dame, sondern auch sein eigenes für immer vernichtet gehabt, wie bekannt ist.

Prospekt

Ein Salzburger Ehepaar, das immer getrennt gearbeitet hatte und sich jetzt einer doppelten gemeinsamen Rente erfreut, hatte zum Winterende die Idee, nach Zell am See im Pinzgau zu reisen, zu welchem Zwecke das Ehepaar sich einen Prospekt dieses Ortes, der viel gepriesen ist, beschaffte, um darin zu blättern und um auf diese Weise auf ein ihnen für ihr Vorhaben geeignet erscheinendes Wirtshaus für zwei oder drei Wochen zu kommen. Tatsächlich hatten die reisefreudigen Eheleute in dem Prospekt ein Wirtshaus ausfindig gemacht, das ihren Vorstellungen und Ansprüchen zu genügen schien und sie hatten die Reise nach Zell am See angetreten. Wie sie aber in das von ihnen ausgesuchte Wirtshaus eingetreten sind, nachdem sie die doch sehr anstrengende Reise nach Zell am See hinter sich gehabt hatten, mußten sie zur Kenntnis nehmen, daß das in dem Wirtshaus von ihnen Erwartete genau diesen ihren Erwartungen entgegengesetzt war. Die in dem Prospekt beispielsweise als sehr freundlich beschriebenen Zimmer waren finster und es war den entsetzten Eheleuten vorgekommen, als wäre in jedem dieser Zimmer ein geschlossener Sarg auf dem Boden gestanden, auf welchem immer nur ihr Name geschrieben stand.

Pisa und Venedig

Die Bürgermeister von Pisa und von Venedig waren übereingekommen, die Besucher ihrer Städte, die jahrhundertelang von Pisa wie von Venedig in gleicher Weise entzückt gewesen waren, urplötzlich vor den Kopf zu stoßen, indem sie heimlich und über Nacht den Turm von Pisa nach Venedig und den Kampanile von Venedig nach Pisa schaffen und aufstellen lassen wollten. Sie hatten aber ihr Vorhaben nicht geheimhalten können und waren, genau in der Nacht, in welcher sie den Turm von Pisa nach Venedig und den Kampanile von Venedig nach Pisa hatten transportieren lassen wollen, in das Irrenhaus eingeliefert worden, naturgemäß der Bürgermeister von Pisa in das Irrenhaus von Pisa und der Bürgermeister von Venedig in das Irrenhaus von Venedig. Die italienischen Behörden hatten ihre Sache vollkommen vertraulich behandeln können.

Angst

Im Juni des Vorjahres war ein Tiroler vor Gericht gestanden, der wegen Mordes an einem Imster Schulkind angeklagt gewesen war und zu lebenslänglichem Kerker verurteilt worden ist. Der Tiroler, von Beruf Schriftsetzer und seit drei Jahrzehnten zur Zufriedenheit der Besitzer, in einer Innsbrucker Druckerei beschäftigt, hatte sich dahingehend verantwortet, daß er vor dem Imster Schulkind Angst gehabt habe, was ihm von den Geschworenen aber nicht geglaubt worden war, denn der Schriftsetzer, der tatsächlich aus Schwaz gebürtig gewesen ist und dessen Vater als Innungsmeister der Tiroler Fleischhauer in Tirol zu höchstem Ansehen gekommen war, hatte eine Körpergröße von einsneunzig und war, wie die Geschworenen sich im Gerichtssaal überzeugen hatten lassen, imstande gewesen, eine aus Eisen gegossene hundertfünfzig Kilogramm schwere Kugel auf zwei Meter Höhe zu heben, ohne zu scheitern. Der Tiroler hatte das Imster Schulkind mit einem sogenannten *Maurerfäustl* erschlagen.

Einfache Fahrt

Unser Onkel, der in Innsbruck eine Tabakfabrik und in Stams ein sogenanntes Lusthaus besessen hat und den wir aus diesem Grunde als unseren Innsbrucker Onkel bezeichnet haben, hat am Neujahrstag neunzehnhundertsiebenundsechzig auf dem Innsbrucker Hauptbahnhof eine Fahrkarte *nach Meran hin und zurück* verlangt und hat tatsächlich einen Zug Richtung Meran bestiegen, mit ungewöhnlich viel Gepäck, wie uns Zeugen berichteten. Er ist aber in Meran niemals angekommen und kein Mensch hat jemals mehr etwas von ihm gehört, obwohl die Nachforschungen erst nach zweijähriger intensiver Suche eingestellt worden sind. Inzwischen ist die Tabakfabrik geschlossen und das Lusthaus verkauft worden, weil die Kosten dieser Nachforschungen das ganze, von unserem Innsbrucker Onkel hinterlassene sogenannte *Geldvermögen* verschlungen haben. Für die Tabakfabrik, in welcher dreihundert Arbeiter beschäftigt gewesen waren, die inzwischen entlassen werden mußten, hat sich bis jetzt kein Käufer gefunden, weil die Nachfrage nach Tabak in den letzten Jahren gesunken und die Fabrik unseres Onkels tatsächlich überaltert ist. Es heißt aber, daß sie verkauft werden muß, wenn die Anwälte, die sich in die Suche nach unserem Onkel eingeschaltet haben, ihre naturgemäß hohen Honorare fordern. Jedes Frühjahr denken wir daran, daß wir gegen Mitte Mai nach Innsbruck gefahren sind und in Innsbruck bei unserem Onkel übernachtet haben, um mit ihm am nächsten Tag in der frühesten Frühe Richtung Stams zu fahren, um mehrere Tage in seinem Lusthaus zu verbringen, lesend und in den umliegenden Wäldern spazieren gehend. Wir sind überzeugt, daß unsere jahrelange Gesundheit, der wir uns erfreuen, vor allem auf die Tatsache zurückzuführen ist, daß wir zweimal im Jahr, im Frühjahr und im Herbst, nach Innsbruck und Stams zu unserem Onkel gefahren sind. Auf das Unglück, das unserem Onkel zweifellos zugestoßen ist auf der Reise nach Meran, ist es zurückzuführen, daß wir, wenn wir verreisen, jetzt niemals mehr eine Fahrkarte *hin und zurück*, sondern nurmehr noch eine solche für die *einfache Fahrt* verlangen.

Innerer Zwang

Kremser Feuerwehrleute waren vor Gericht gestanden, weil sie ihr aufgespanntes Sprungtuch in dem Augenblick zurückgezogen hatten und davongelaufen waren, in welchem der Selbstmörder, der schon mehrere Stunden von einem Mauervorsprung im vierten Stockwerk eines Kremser Bürgerhauses herunter gedroht hatte, er werde sich in den Tod stürzen, tatsächlich abgesprungen ist. Der jüngste der Feuerwehrleute hatte vor Gericht ausgesagt, er habe *aus einem urplötzlichen inneren Zwange* gehandelt und sei, wie er gesehen habe, daß der Selbstmörder seine Drohung wahrgemacht hatte, davongelaufen, ohne das Sprungtuch auszulassen. Da er von allen sechs Feuerwehrleuten der stärkste gewesen war, hatte er die übrigen fünf mitsamt dem Sprungtuch mitgerissen gehabt und in dem Augenblick, in welchem der Selbstmörder, ein unglücklicher Student, wie die Zeitung schreibt, auf dem Platz unter dem Hause, an welchem er sich solange festgeklammert gehabt hatte, aufgeplatzt war, wären sie selbst alle zu Boden gestürzt und hätten sich dabei mehr oder weniger schmerzhafte Verletzungen zugezogen. Das Gericht, vor welchem der Feuerwehrmann, welcher als erster mit dem Sprungtuch davongelaufen und der, wie gesagt, als der jüngste und stärkste unter ihnen, als Hauptangeklagter vor dem Gericht gestanden war, hatte sich der Verantwortung dieses Hauptangeklagten nicht entziehen können und hat, wie auch die übrigen fünf Kremser Feuerwehrleute, den Feuerwehrmann freigesprochen, obwohl es naturgemäß nicht von seiner Unschuld überzeugt gewesen sein konnte. Die Kremser Feuerwehr steht seit Jahrzehnten in dem Rufe, die beste Feuerwehr der Welt überhaupt zu sein.

Höhlenforscher

Sogenannte Höhlenforscher, die es sich zur Lebensaufgabe gemacht haben, Höhlen zu erforschen und die immer das größte Interesse vor allem unter den großstädtischen Illustriertenlesern hervorrufen, haben unlängst auch die Höhle zwischen Taxenbach und Schwarzach erforscht, die bisher immer vollkommen unerforscht gewesen war, wie wir aus der Zeitung erfahren haben. Ende August und bei idealen Wetterverhältnissen, wie das *Salzburger Volksblatt* berichtet, seien die Höhlenforscher in die Höhle eingedrungen in der festen Absicht, gegen Mitte September wieder aus der Höhle herauszukommen. Als die Höhlenforscher aber auch Ende September noch nicht aus der Höhle zurückgewesen waren, hatte sich eine Rettungsmannschaft, die sich unter dem Titel *Höhlenforscherrettungsmannschaft* formiert gehabt hatte, in die Höhle aufgemacht, um den ursprünglich Ende August in die Höhle eingedrungenen Höhlenforschern zuhilfe zu kommen. Aber auch diese Höhlenforscherrettungsmannschaft ist bis Mitte Oktober nicht mehr aus der Höhle zurückgekommen, was die Landesregierung von Salzburg veranlaßt hat, eine zweite Höhlenforscherrettungsmannschaft in die Höhle zu schicken. Diese zweite Höhlenforscherrettungsmannschaft war aus den kräftigsten und mutigsten Männern des Landes zusammengesetzt und mit den modernsten sogenannten *Höhlenrettungsapparaturen* ausgerüstet gewesen. Diese zweite Höhlenforscherrettungsmannschaft war aber genauso wie die erste, zwar planmäßig in die Höhle eingedrungen, aber selbst Anfang Dezember nicht mehr aus der Höhle zurückgekehrt. Daraufhin war von dem für Höhlenforschung zuständigen Amte der Salzburger Landesregierung an eine Pongauer Baufirma der Auftrag vergeben worden, die Höhle zwischen Taxenbach und Schwarzach zuzumauern, was noch vor dem neuen Jahr geschehen ist.

In Lima

In Lima ist ein Mann festgenommen worden, der hartnäckig behauptet hatte, in die Anden gehen zu wollen, um seine Frau zu suchen, die im vergangenen Jahr von zuhause weg in die Tauern gegangen sei und die, wie der Mann vor der Polizei in Lima zu Protokoll gegeben habe, wahrscheinlich in der Nähe des Tappenkars vom Weg abgekommen und in eine Felsspalte gestürzt sei. Da aber die Tauern und naturgemäß auch das Tappenkar in den Salzburger Alpen liegen, wie selbst die Polizeibeamten von Lima gewußt hatten, war es nicht verwunderlich, daß sich die peruanischen Polizeibeamten gefragt hatten, was der Mann, den sie in völlig verwahrlostem Zustande und nur mit einer zerrissenen Hose und mit einem sogenannten Kärntner Bauernhemd auf dem Körper mitten in Lima, weil er ihnen verdächtig vorgekommen war, verhaftet hatten, in Peru wirklich suchte. Es handelt sich bei dem Festgenommenen tatsächlich um einen aus Ferlach in Kärnten gebürtigen und dortselbst eine gutgehende Büchsenmacherei betreibenden wohlhabenden Österreicher. Nähere Angaben macht unsere Zeitung nicht.

Fast

Auf unserem letzten Ausflug in das Mölltal, in welchem wir, gleich in welcher Jahreszeit, immer glücklich gewesen sind, haben wir uns in einem Wirtshaus in Obervellach, das uns von einem Arzt aus Linz empfohlen worden war und das uns nicht enttäuscht hatte, mit einer Gruppe von Steinmetzgehilfen unterhalten, die nach Feierabend in dem Wirtshaus zusammengesessen sind und Zither gespielt und gesungen und uns auf diese Weise wieder auf die unerschöpflichen Schätze der Kärntner Volksmusik aufmerksam gemacht haben. Zu vorgerückter Stunde hatte sich die Steinmetzgehilfengruppe an unseren Tisch gesetzt und jeder einzelne aus ihr hat etwas *Merk*würdiges oder etwas *Denk*würdiges aus seinem Leben zum besten gegeben. Dabei ist uns besonders jener Steinmetzgehilfe aufgefallen, der berichtet hat, daß er mit siebzehn Jahren, um eine mit einem Arbeitskollegen abgeschlossene Wette zu gewinnen, auf die bekanntlich sehr hohe Kirchturmspitze in Tamsweg gestiegen ist. *Fast* wäre ich tödlich abgestürzt, hat der Steinmetzgehilfe gesagt und er betonte darauf ausdrücklich, daß er dadurch *fast* in die Zeitung gekommen wäre.

Exempel

Der Gerichtssaalberichterstatter ist dem menschlichen Elend und seiner Absurdität am nächsten und er kann diese Erfahrung naturgemäß nur eine kurze Zeit, aber sicher nicht lebenslänglich machen, ohne verrückt zu werden. Das Wahrscheinliche, das Unwahrscheinliche, ja das Unglaubliche, das Unglaublichste wird ihm, der damit, daß er über tatsächliche oder über nur angenommene, aber naturgemäß immer beschämende Verbrechen berichtet, sein Brot verdient, an jedem Tag im Gericht vorgeführt und er ist naturgemäß bald von überhaupt nichts mehr überrascht. Von einem einzigen Vorfall will ich jedoch Mitteilung machen, der mir doch nach wie vor als der bemerkenswerteste meiner Gerichtssaalberichterstatterlaufbahn erscheint. Der Oberlandesgerichtsrat Ferrari, die ganzen Jahre über die beherrschende Figur des Landesgerichtes Salzburg, aus welchem ich wie gesagt, viele Jahre über alles dort Mögliche berichtet habe, war, nachdem er einen, wie er in seinem Schlußwort ausgeführt hatte, ganz gemeinen Erpresser, wie ich mich genau erinnere, einen Rindfleischexporteur aus Murau, zu zwölf Jahren Kerker und zur Zahlung von acht Millionen Schilling verurteilt gehabt hatte, nach der Urteilsverkündung nocheinmal aufgestanden und hatte gesagt, daß er jetzt ein Exempel statuieren werde. Nach dieser unüblichen Ankündigung griff er blitzartig unter seinen Talar und in seine Rocktasche und holte eine entsicherte Pistole hervor und schoß sich zum Entsetzen aller im Gerichtssaal Anwesenden in die linke Schläfe. Er war augenblicklich tot gewesen.

Mildtätig

Eine uns benachbarte alte Dame war in ihrer Mildtätigkeit zu weit gegangen. Sie hatte, wie sie geglaubt hatte, *einen armen Türken* zu sich genommen, welcher anfänglich auch über die Tatsache, daß er jetzt nicht mehr in einer zum Abreißen bestimmten Bauhütte existieren mußte, sondern jetzt, durch die Mildtätigkeit der alten Dame in ihrem in einem großen Garten gelegenen Stadthaus leben durfte, dankbar gewesen war. Er hatte sich bei der alten Dame als Gärtner nützlich gemacht und war von ihr nach und nach nicht nur neu eingekleidet, sondern tatsächlich verhätschelt worden. Eines Tages war der Türke auf dem Polizeikommissariat erschienen und hatte angegeben, er habe die alte Dame, die ihn aus Mildtätigkeit ins Haus genommen habe, umgebracht. *Erwürgt*, wie die Gerichtskommission bei einem sofort angesetzten Lokalaugenschein festgestellt hatte. Als der Türke von der Gerichtskommission gefragt worden war, warum er die alte Dame umgebracht und also erwürgt habe, antwortete er, *aus Mildtätigkeit*.

Guter Rat

Ein Ausflügler, der sich uns auf der Fahrt in die sogenannte Eisriesenwelt bei Werfen angeschlossen hatte, weil er wahrscheinlich der Meinung gewesen war, daß wir unterhaltsamer sind, als die anderen in unserem talwärts fahrenden Zuge, hatte uns berichtet, daß er zutiefst unglücklich sei über die Tatsache, daß er einem seiner Kollegen, einem Bankangestellten wie er, der ihn gefragt hatte, wo er seinen Urlaub verbringen solle, um auszuspannen, zu einer Kreuzfahrt im adriatischen und im mittelländischen Meer geraten habe, welche ihm selbst einmal so gut getan habe. Gerade das Schiff, auf welchem sein Kollege nach Dubrovnik und nach Korfu und nach Alexandria unterwegs gewesen war, sei, aus bisher immer noch ungeklärten Gründen, so er, in der Nähe von Kreta gesunken und wie alle übrigen, die diese Unglückskreuzfahrt, wie sich der Ausflügler ausgedrückt hatte, mitgemacht hatten, wäre auch sein Kollege ertrunken. Wahrscheinlich sei er mit dem sehr rasch gesunkenen Schiff untergegangen. Der Untergang des Schiffes und der Ertrinkungstod seines Kollegen seien ihm so nahe gegangen, daß er jetzt schon jahrelang keine Ruhe mehr finde. Er hatte uns gefragt, was er tun solle, um von seinem schlechten Gewissen befreit zu werden, wir hatten uns aber nicht getraut, ihm einen Rat zu geben.

Vorurteil

Nahe Großgmain, wohin wir an den Wochenenden sehr oft mit unseren Eltern in einem sogenannten Landauer, welcher noch aus dem vorigen Jahrhundert stammte und der in einer für den Bau von Landauern berühmten Werkstätte in Elixhausen hergestellt worden war, unterwegs gewesen waren, hatten wir aufeinmal mitten im Wald einen ungefähr vierzig- bis fünfundvierzigjährigen Mann gesehen, der uns, die wir ziemlich schnell bergab gefahren waren, um noch rechtzeitig zu unserem schwerkranken Onkel, der in jener Jagdhütte zuhause gewesen war, die unser Großvater Anfang des Jahrhunderts einem Fürsten Liechtenstein abgekauft und für seine, wie er sich immer ausgedrückt hatte, *philosophischen Zwecke* ausgebaut hatte, aufzuhalten versucht, indem er sich vor uns mitten auf die Straße gestellt und die Kühnheit gehabt hatte, selbst den Pferden in das Geschirr zu greifen, um unseren Landauer zum Halten zu zwingen, was ihm natürlich nicht gelungen war. Der Mann hatte tatsächlich nur im letzten

Moment auf die Seite springen und sich, mehrmals überschlagend, wie ich in der gerade hereinbrechenden Finsternis nur undeutlich festgestellt hatte, in Sicherheit bringen können. Tatsache war, daß wir der Meinung gewesen waren, auf eines jener gerade hier an der bayerisch-österreichischen Grenze ihr Unwesen treibenden Subjekte gekommen zu sein, die einer unserer zahlreichen Strafanstalten, wie die Justizsprache sagt, entsprungen sind, was auch der Grund gewesen war, warum wir nicht stehengeblieben sind. Wir hätten es tatsächlich darauf ankommen lassen und hätten den so urplötzlich vor uns aufgetauchten Fremden auch überfahren, um nicht Opfer eines Verbrechens sein zu müssen, wie wir gedacht haben. Am nächsten Tag hatte uns ein bei meinem Onkel in Dienst stehender Holzarbeiter darauf aufmerksam gemacht, daß in dem Wald, durch welchen wir am Vorabend mit dem Landauer gefahren waren, ein Mann erfroren und schwer verletzt aufgefunden worden war, welcher, wie sich bald herausgestellt hatte, der beste Arbeiter und der treueste Mensch, den mein Onkel jemals gehabt hatte, gewesen ist. Wir hatten naturgemäß nichts von unserem vorabendlichen Erlebnis verlauten lassen und bedauerten die Witwe des auf so tragische Weise ums Leben gekommenen.

Verdacht

Ein Franzose ist in dem berüchtigten Kitzbühel allein deshalb verhaftet worden, weil ihn ein Stubenmädchen des Hotels Doppeladler beschuldigt hatte, er habe es gegen Mitternacht, als es ihm auf seinen Wunsch einen dreifachen Cognac auf seinem Zimmer servieren mußte, zu mißbrauchen versucht, was der Franzose, wie die Zeitungen schreiben, vor der Gendarmerie strikt in Abrede gestellt und als *gemeine und niederträchtige alpenländische Infamie* bezeichnet habe. Der Franzose war Germanistikprofessor an der berühmten Pariser Sorbonne gewesen und hatte sich im Hotel Doppeladler in Kitzbühel von den Strapazen einer von ihm vorgenommenen, ihn über zwei Jahre in Anspruch genommenen Übersetzung von Nietzsches *Also sprach Zarathustra* erholen wollen. Der abrupte Wechsel aus dem Pariser in das Kitzbüheler Klima hatte ihm aber naturgemäß nicht gut getan und die Folge seiner überstürzten Reise von Frankreich nach Tirol war eine bösartige Grippe gewesen, die ihn gleich nach seiner Ankunft in Kitzbühel befallen und auf Tage ins Bett geworfen hatte. Da als erwiesen angenommen worden war, daß dem Französischen Professor alle Voraussetzungen dazu gefehlt hatten, das Stubenmädchen zu verführen, geschweige denn, ihm tatsächlich Gewalt anzutun, war er schon nach wenigen Stunden aus der Haft entlassen worden und in den Doppeladler zurückgekehrt. Das Stubenmädchen ist aus dem Doppeladler hinausgeworfen worden und als es sein Bild mit der Unterschrift *Eine infame Kitzbühelerin* in der Zeitung entdeckt hat, sofort in den Inn gegangen. Bis heute hat man die Leiche noch nicht gefunden.

Tausch

Der Denker, von welchem behauptet wird, daß er Tag und Nacht und selbst noch im Schlafe denke, war eines Tages nach Vöcklabruck und, nachdem er sich auf dem Hauptplatz nach einem vorzüglichen Wirtshaus erkundigt hatte, in den allseits berühmten Auerhahn, in welchem die Küche, wie gesagt wird, die verläßlichste in ganz Österreich sei, gekommen. Selbst der Denker war vom Auerhahn nicht enttäuscht gewesen, im Gegenteil, waren Essen und Trinken noch weitaus besser gewesen, als von ihm erwartet und er hatte sich nicht zurückhalten können, den Wirt nur zu dem einen Zwecke an seinen Tisch heran zu bitten, um ihn zu preisen. Nachdem der Denker den Wirt in so hohen Tönen gelobt gehabt hatte wie noch keinen in seinem Leben, war er plötzlich auf die Idee gekommen, ob es nicht besser sei, fortan nicht als Denker, sondern als Gastwirt zu existieren und er hatte ganz abrupt dem Auerhahnwirt den Vorschlag gemacht, ob er nicht Lust habe, mit ihm zu tauschen. Der Denker hatte den Vorschlag noch nicht einmal zur Gänze ausgesprochen gehabt, als der Gastwirt zum Auerhahn auch schon seine Zustimmung zu dem Tausch gegeben hatte. Der Wirt zum Auerhahn ging, wie wenn er der Denker gewesen wäre, aus dem Auerhahn hinaus in die Welt und der Denker blieb im Auerhahn, wie wenn er der Wirt gewesen wäre. Naturgemäß funktionierten von diesem Augenblick an aber weder Wirt noch Denker.

Frühzug

Im Frühzug sitzend schauen wir genau dann aus dem Fenster, wenn wir die Schlucht passieren, in welche vor fünfzehn Jahren unsere Schülergruppe gestürzt ist, mit welcher wir eine Exkursion zum Wasserfall unternommen hatten und denken daran, daß wir damals gerettet, die andern aber für immer getötet worden sind. Die Lehrerin, die damals unsere Gruppe zum Wasserfall führen wollte, hatte sich unmittelbar nach dem Urteilsspruch vor dem Landesgericht Salzburg, der auf acht Jahre Kerker lautete, erhängt gehabt. Wenn der Zug die Stelle passiert, hören wir in dem Schreien der Gruppe auch unsere eigenen Schreie.

Schöne Aussicht

Auf dem Großglockner hatten, nach stundenlangem Aufstieg, zwei freundschaftlich miteinander verbundene Professoren der Universität Göttingen, die in Heiligenblut einquartiert gewesen waren, den Platz vor dem oberhalb des Gletschers montierten Fernrohr erreicht. Sie hatten sich, Skeptiker, die sie waren, naturgemäß der, wie sie sich, kaum da, wo das Fernrohr montiert gewesen war, angekommen, immer wieder vorgesagt hatten, einzigartigen Schönheit dieses Hochgebirges nicht entziehen können und einer hatte immer wieder den Andern zuerst durch das Fernrohr schauen und sich auf diese Weise den Vorwurf des Andern ersparen wollen, er dränge sich an das Fernrohr. Schließlich hatten sich die beiden einigen können und der ältere und gebildetere und naturgemäß auch der zuvorkommendere, hatte zuerst durch das Fernrohr geschaut und war von dem Gesehenen überwältigt gewesen. Als sein Kollege jedoch an das Fernrohr herangetreten war, hatte er, kaum daß er durch das Fernrohr geschaut hatte, einen gellenden Schrei ausgestoßen und war tödlich getroffen zu Boden gestürzt. Dem hinterbliebenen Freund, des auf diese merkwürdige Weise Getöteten, gibt es naturgemäß noch heute zu denken, *was tatsächlich* sein Kollege im Fernrohr gesehen hat, denn *dasselbe* bestimmt nicht.

Umgekehrt

Wenn mir zoologische Gärten auch immer verhaßt gewesen sind und die Leute, die solche zoologischen Gärten aufsuchen, tatsächlich suspekt, ist es mir doch nicht erspart geblieben, einmal nach Schönbrunn hinauszugehn und, auf Wunsch meines Begleiters, eines Theologieprofessors, vor dem Affenkäfig stehenzubleiben, um die Affen zu beobachten, die mein Begleiter mit einem Futter fütterte, das er zu diesem Zwecke eingesteckt gehabt hatte. Der Theologieprofessor, ein früherer Studienkollege, der mich aufgefordert hatte, mit ihm nach Schönbrunn zu gehen, hatte mit der Zeit sein ganzes mitgebrachtes Futter an die Affen verfüttert, als plötzlich die Affen ihrerseits auf dem Boden verstreutes Futter zusammenkratzten und uns durch das Gitter herausreichten. Der Theologieprofessor und ich waren über das plötzliche Verhalten der Affen so erschrocken gewesen, daß wir augenblicklich kehrtmachten und Schönbrunn durch den nächstbesten Ausgang verließen.

Hotel Waldhaus

Wir hatten kein Wetterglück und in jeder Beziehung auch widerwärtige Gäste an unserem Tisch gehabt. Selbst Nietzsche haben sie uns verleidet. Auch als sie mit ihrem Auto tödlich verunglückt und schon in der Kirche von Sils aufgebahrt waren, haben wir sie noch immer gehaßt.

Der Holzzieher Haumer

In unmittelbarer Nähe von Aurach haben wir, nachdem wir den Hongar bestiegen hatten und dann auf seinem Rücken fünf Stunden gegen das Höllengebirge wieder zu Tal gegangen waren, den Holzzieher Haumer besucht, von welchem wir lange nichts gehört hatten. Der Haumer hatte uns auch auf wiederholtes Klopfen an seiner Tür nicht aufgemacht, obwohl wir in unserer Annahme sicher gewesen waren, daß er zuhause ist. Als wir schon von seinem Haus weggegangen waren, hatten wir plötzlich den Eindruck gehabt, er habe uns *jetzt* gehört und wolle uns aufmachen und sind wieder zu seinem Haus zurückgegangen. Tatsächlich öffnete uns der Haumer, der uns von frühester Kindheit wie kein zweiter vertraut gewesen war und ließ uns hinein und bat uns, in der sogenannten unteren Stube Platz zu nehmen. Erst als wir schon eine Zeitlang auf den Bänken in der unteren Stube gesessen waren, war uns aufgefallen, daß der Haumer noch nichts zu uns gesagt hatte. Wir waren über eine Stunde bei ihm geblieben, dann verabschiedeten wir uns, ohne daß auch nur ein einziges Wort von ihm gekommen wäre. Erst am nächsten Tag, als ich mit meinem Vetter von dieser Begegnung gesprochen habe, erfuhr ich, daß der Haumer schon seit über vier Jahren das Gehör und die Stimme verloren habe durch einen Böllerschuß, den er selbst am Hochzeitstag seiner Tochter, die einen Fleischergesellen aus Nußdorf ehelichte, abgefeuert hat. Gleichzeitig war mir klar geworden, daß ich den Haumer über vier Jahre nicht mehr aufgesucht habe, gerade den Menschen, habe ich gedacht, dem ich soviel verdanke.

Ernst

Ein Komiker, welcher jahrzehntelang allein davon gelebt hatte, komisch zu sein und der immer alle Säle, in welchen er aufgetreten war, bis auf den letzten Platz gefüllt hatte, war plötzlich für eine bayerische Ausflüglergruppe, die ihn auf dem Felsvorsprung über der sogenannten Salzburger Pferdeschwemme entdeckt hatte, die lange erwartete Sensation gewesen. Der Komiker behauptete vor der Ausflüglergruppe, er werde sich, so, wie er sei, in der Lederhose und mit dem Tirolerhut auf dem Kopf, in die Tiefe stürzen, worauf die Ausflüglergruppe in ein lautes Gelächter ausgebrochen war, wie gewohnt. Der Komiker soll aber gesagt haben, daß es ihm ernst sei und habe sich tatsächlich und augenblicklich in die Tiefe gestürzt.

Zuviel

Ein Familienvater, welcher jahrzehntelang wegen eines sogenannten *außerordentlichen Familiensinnes* gerühmt und beliebt gewesen war und der an einem Samstagnachmittag, allerdings bei ausgesprochen schwülem Wetter, vier von seinen sechs Kindern umgebracht hat, verantwortete sich vor Gericht damit, daß ihm die Kinder aufeinmal *zuviel* gewesen sind.

Rezept

In Linz sind in der vergangenen Woche einhundertachtzig Personen gestorben, die die jetzt gerade in Linz grassierende Grippe gehabt haben, aber nicht an dieser Grippe, sondern an einem von einem neueingestellten Apotheker falsch verstandenen Rezept. Der Apotheker muß sich wahrscheinlich wegen fahrlässiger Tötung vor Gericht verantworten, möglicherweise, wie die Zeitung schreibt, *noch vor Weihnachten.*

Enttäuschte Engländer

Mehrere Engländer, die auf einen Osttiroler Bergführer hereingefallen sind und mit diesem auf die Drei Zinnen gestiegen sind, waren, auf dem höchsten der drei Gipfel angelangt, über das auf diesem Gipfel von der Natur Gebotene derartig enttäuscht gewesen, daß sie den Bergführer, einen Familienvater mit drei Kindern und einer, wie es heißt, tauben Frau, kurzerhand auf dem Gipfel erschlugen. Wie ihnen aber zu Bewußtsein gekommen ist, was sie tatsächlich getan haben, stürzten sie sich nacheinander in die Tiefe. Eine Zeitung in Birmingham hatte daraufhin geschrieben, Birmingham hätte seinen hervorragendsten Zeitungsverleger, seinen außerordentlichsten Bankdirektor und seinen tüchtigsten Leichenbestatter verloren.

Erfolgreichstes Konzert

Eine sogenannte *Kammermusikvereinigung*, die dafür berühmt ist, daß sie nur auf alten Originalinstrumenten alte Musik spielt und nur Rossini, Frescobaldi, Vivaldi und Pergolesi auf ihrem Programm hat, spielte in einem alten Schloß am Attersee und hatte den größten Erfolg seit ihres Bestehens. Der Beifall hatte erst ein Ende genommen, wie die Kammermusikvereinigung keine einzige Zugabe mehr auf dem Programm gehabt hatte. Erst den nächsten Tag war den Musikern eröffnet worden, daß sie in einer Taubstummenanstalt gespielt hatten.

Wissenschaftliche Zwecke

Ein plötzlich wahnsinnig gewordener Friseur, der in seinem Salon in London einem angeblich zur königlichen Familie gehörenden Herzog mit dem Rasiermesser den Kopf abgeschnitten hat und der jetzt in der Irrenanstalt von Reading, die früher das berühmte Zuchthaus zu Reading gewesen ist, lebt, soll sich bereit erklärt haben, seinen Kopf für jene wissenschaftlichen Zwecke zur Verfügung zu stellen, welche seiner Meinung nach in mindestens acht bis zehn Jahren von der Akademie in Stockholm mit dem Nobelpreis ausgezeichnet werden.

Scharfsinnig und schwachsinnig

Der weltberühmte französische Philosoph, welcher jahrzehntelang als der erste seiner Zeit bezeichnet worden ist, war auf der Rückreise aus Moskau, wohin ihn die Akademie der Wissenschaften eingeladen gehabt hatte, nach Wien gekommen, um an der Akademie der Wissenschaften in Wien denselben Vortrag zu halten, den er schon in Moskau gehalten hatte. Nach seinem Vortrag war ich bei zwei Professoren und Mitgliedern der Wiener Akademie der Wissenschaften zu Gast gewesen, die wie ich den Vortrag des französischen Philosophen gehört hatten. Der eine hatte den Vortrag und also auch den französischen Philosophen als scharfsinnig, der andere als schwachsinnig bezeichnet und beide hatten ihre Behauptung tatsächlich und stichhaltig begründen können.

Charakter

Zum Abendessen hatten wir einen in Wien sogenannten *Gelehrten* eingeladen, welcher uns mit den gegenwärtigen Strömungen in der geistigen und künstlerischen Welt vertraut machen sollte, für welche wir immer das größte Interesse gehabt haben. Anstatt uns aber den Wunsch nach mehr Wissen in Philosophie und Literatur und Kunst zu erfüllen, hatte der Gelehrte, ein anerkannter Professor an der Wiener Universität, unsere Einladung nur dazu benützt, um uns über den seiner Meinung nach schlechten Charakter jenes seiner Kollegen aufzuklären, der erst unlängst ein Buch genau über das Thema veröffentlicht hat, welches das eigentliche Lebensthema unseres Besuchers ist. Einen Tag später war unser Gast bei einem unserer Freunde, der ein Freund jenes Professors ist, den unser Gast am Vortag in der gröblichsten Weise vor uns herabgesetzt hatte und hatte seinen Konkurrenten über alle andern an die erste Stelle gesetzt, nicht nur, was dessen Charakter betrifft, sondern auch dessen Wissenschaft.

Moospruggers Irrtum

Der Professor Moosprugger sagte, er habe einen Kollegen vom Westbahnhof abgeholt, welcher ihm nur vom korrespondieren her und nicht persönlich bekannt gewesen sei. Er habe tatsächlich einen Andern erwartet, als den, welcher tatsächlich auf dem Westbahnhof angekommen sei. Als ich Moosprugger darauf aufmerksam gemacht hatte, daß immer ein Anderer ankommt, als der, den wir erwartet haben, stand er auf und ging allein zu dem Zwecke weg, alle Kontakte, die er in seinem Leben geknüpft hatte, abzubrechen und aufzugeben.

Post

Noch Jahre, nachdem unsere Mutter gestorben war, hatte die Post an sie adressierte Briefe zugestellt. Die Post hatte ihren Tod nicht zur Kenntnis genommen.

Behauptung

Ein Mann aus Augsburg ist allein deshalb in die Augsburger Irrenanstalt eingeliefert worden, weil er sein ganzes Leben bei jeder Gelegenheit behauptet hatte, Goethe habe als Letztes *mehr nicht!* und nicht *mehr Licht!* gesagt, was allen mit ihm in Berührung gekommenen Leuten mit der Zeit und auf die Dauer derartig auf die Nerven gegangen sei, daß sie sich zusammengetan hatten, um die Einweisung dieses auf so unglückliche Weise von seiner Behauptung besessenen Augsburgers in die Irrenanstalt zu erwirken. Sechs Ärzte hätten sich geweigert, den Unglücklichen in die Irrenanstalt einzuweisen, der siebente habe eine solche Einweisung sofort veranlaßt. Dieser Arzt ist, wie ich aus der *Frankfurter Allgemeinen Zeitung* erfahren habe, dafür mit der Goetheplakette der Stadt Frankfurt ausgezeichnet worden.

Komödie

Vier Schauspieler eines Schauspielhauses waren auf die Idee gekommen, sich selbst eine Komödie zu schreiben, nachdem ihnen die Lieferungen der Komödienschreiber immer widerwärtiger und langweiliger geworden waren und alle vier setzten sich augenblicklich hin und schrieben naturgemäß nur über sich selbst, obwohl sie vorgehabt hatten, daß *jeder für sich eine Rolle* schreibe in jener Komödie, die sie schließlich nach gründlichem und tatsächlich wochenlangem Studium nicht anders als mit *Der Autor* betiteln hatten können und zwölf Wochen nach ihrem Einfall auch schon an ihrem Schauspielhaus aufführten. Aber auch mit diesem *Autor* hatten sie, wie berichtet wird, keinen Erfolg.

Warnung

Ein Kaufmann aus Koblenz hatte sich im vergangenen Jahr seinen Lebenswunsch erfüllt, die Pyramiden von Gizeh zu besuchen und hatte, nachdem er die Pyramiden besucht gehabt hatte, diesen Besuch als die größte Enttäuschung seines Lebens bezeichnen müssen, was ich verstehe, denn ich selbst war im vergangenen Jahr in Ägypten und vor allem von den Pyramiden enttäuscht gewesen. Während ich selbst jedoch meine Enttäuschung sehr rasch überwunden hatte, rächte der Koblenzer Kaufmann seine Enttäuschung dadurch, daß er monatelang seitenlange Inserate in allen wichtigen Zeitungen Deutschlands, der Schweiz und Österreichs veröffentlichte, in welchen er alle zukünftigen Besucher Ägyptens vor den Pyramiden, vor allem aber vor der berühmten Cheopspyramide, die ihn mehr noch als die andern zutiefst enttäuscht hatte, warnte. Der Koblenzer Kaufmann hat mit diesen von ihm selbst sogenannten Antiägypten- und Antipyramidenplakaten in der kürzesten Zeit sein Vermögen aufgebraucht und sich ins totale Unglück gestürzt. Seine Inserate hatten auf die Ägyptenreisenden naturgemäß nicht den von ihm erhofften Einfluß gehabt, im Gegenteil, vergrößerte sich die Zahl derer, die heuer Ägypten besuchten, gegenüber jenen des Vorjahres um das Doppelte.

Ausgewandert

Vor elf Jahren nach Australien ausgewandert und vor zwei Jahren wieder in seine steiermärkische Heimat zurückgekehrt, ist mein ehemaliger Mitschüler vor einem halben Jahr wieder nach Australien ausgewandert, obwohl er weiß, daß er wieder in die Steiermark zurückkehren wird und sooft immer wieder nach Australien auswandern und wieder in die Steiermark zurückkehren wird, bis er entweder in Australien oder in der Steiermark Ruhe gefunden hat. Schon sein Vater, ein Bäckergeselle aus dem Mölltal, der mit meinem Vater in die Schule gegangen ist, war in seinem Leben mindestens zwanzigmal aus Kärnten in die Steiermark ausgewandert und immer wieder aus der Steiermark nach Kärnten zurückgekehrt, bis er endlich in Kärnten seine Ruhe gefunden hat, in Arndorf bei Sankt Veit an der Glan, wo er sich in der alten Schmiede, die sein letztes Quartier gewesen war, aus Heimweh nach der Steiermark, an einem eisernen Haken erhängt hat, ohne, wie ihm damals und noch lange nach seinem Tod vorgeworfen worden war, *an seine Frau und an seine Kinder zu denken.*

Weltfremd

Ein gelernter Möbeltischler aus Maria Saal (einem beliebten Wallfahrtsort in Kärnten), der durch die Bekanntschaft mit einem ursprünglich begabten Komponisten, welchen wir selbst viele Jahre lang als ein Genie wie kein zweites bezeichnet haben, auf die Literatur gekommen ist und der Gedichte und kleine Komödien geschrieben hat, die aber, so jene, die seine Gedichte und kleinen Komödien in die Hand bekommen haben, tatsächlich einerseits *unlesbar*, andererseits *unspielbar* gewesen wären, ganz aus dem einfachen Grunde, weil sie niemand verstanden habe, ist aus Verzweiflung über seine Verkennung an seinem zweiundzwanzigsten Geburtstag in den Längsee gegangen und ertrunken. Die Zeitung, die, nachdem seine Leiche aufgefunden worden war, eine kurze Notiz über den Verkannten veröffentlichte, betonte vor allem anderen, daß er *weltfremd* gewesen sei.

Ausgeliefert

Der sogenannte Ofner, Gemeindearbeiter, Totenansager, hat, um, wie ihm unser Arzt gesagt hatte, das Leben seiner lungenkranken Frau zu retten, mit dieser zusammen ein kleines Waldgrundstück in unserer Nähe erworben, in nebelfreier Höhe und guter Luft, und die beiden hatten sich in jahrelanger Arbeit, naturgemäß auch von der Gemeinde und von der unmittelbaren Nachbarschaft unterstützt, auf dem Grundstück ein kleines Haus gebaut. Wie aber das Haus fertig gewesen war, erkrankte der Ofner, weil der Hausbau über seine Kräfte gegangen war und verstarb binnen kurzem. Seine Witwe, für die schließlich das Haus am Waldrand bestimmt gewesen war und die sich tatsächlich und selbst nach dem Tod ihres Mannes zusehends nicht nur an der Lunge erholt hatte, mußte sich einen Hund anschaffen, weil sie sich naturgemäß jetzt allein zu fürchten hatte. Der Hund hatte jeden, der sich ihrem Hause auch nur auf zweihundert Schritte näherte, verbellt und es hatte sich mit der Zeit niemand mehr in die

Nähe des Hauses getraut. Jahrelang hat es die Frau auf diese Weise mit dem Hund allein und ganz ohne Menschen ausgehalten, aufeinmal, von einem Augenblick auf den andern, hat sie diesen Zustand nicht mehr aushalten können und ist hinausgegangen und hat den Hund, der ihr so viele Jahre treu gedient hatte, mit einem sogenannten Sappel, mit welchem die Blochzieher blochziehen, erschlagen und sich den Menschen ausgeliefert.

de Orio

Auf dem Grasberg bei Gmunden ist ein fünfundsiebzigjähriger Mann mit einem italienischen Paß aufgefunden worden, der von sich behauptete, aus der gleich unterhalb des Grasberges gelegenen Ortschaft Reindlmühle zu stammen, was ihm naturgemäß von den Gendarmen, die ihn, weil er vollkommen unterkühlt gewesen war, zuerst einmal im Gasthaus Schachinger in Reindlmühle aufwärmten, nicht geglaubt wurde. Der Mann, der sich in seinem Paß de Orio genannt hatte, heiße in Wirklichkeit, wie er angegeben hat, Pfuster und sei um das Jahr sieben, also wie er noch keine acht Jahre alt gewesen sei, mit einem Wanderzirkus, der in Reindlmühle sein Zelt aufgeschlagen gehabt habe, zuerst nach Böhmen und von dort über Polen und Rumänien nach Italien gezogen und schließlich bei dem Zirkus geblieben. Kurz vor dem Zweiten Weltkrieg, genau im Jahr siebenunddreißig, sei er, damals schon über dreißig Jahre alt, mit seinem Zirkus wieder nach Oberösterreich und in die Traunseegegend gekommen und tatsächlich habe sein Zirkus damals auch wieder in Reindlmühle sein Zelt aufgeschlagen. Er habe sich aber nicht zu erkennen gegeben und habe nicht die geringste Lust gehabt, in Reindlmühle zu bleiben und sei mit dem Zirkus wieder abgezogen, diesmal nach Ungarn und Mazedonien. Erst jetzt, sozusagen an seinem Ende angekommen, habe er die Strapazen auf sich genommen und sei nach Reindlmühle zurückgekehrt. Die Gendarmen hatten schon nach kurzer Zeit festgestellt, daß die Angaben des Mannes, der tatsächlich Reindlmühler, offiziell aber Italiener gewesen war, stimmten. Es ist auch noch bekannt geworden, daß lange Zeit geglaubt worden war, der kleine Pfuster sei in die reißende Aurach gefallen und abgetrieben worden.

Lichtbildner

In Ebensee hat sich vor Jahren ein Fotograf ansäßig gemacht, von welchem vom ersten Tage an behauptet worden war, er sei, weil er sich an einem Ischler Dreizehnjährigen vergangen habe, mehrere Jahre im Gefängnis gesessen. Von dem Fotografen, der sich gerade von Ebensee, wo so viele Hochzeiten stattfinden das ganze Jahr, ein gutes Geschäft und natürlich mindestens ein gutes Auskommen erwartet hatte, hatte sich aber nicht ein einziger fotografieren lassen und er hat sein Geschäft zumachen und wieder abziehen müssen. An dem Gerücht sei nichts Wahres gewesen, es war ursprünglich von dem Traunkirchener Fotografen Strößner verbreitet worden. Strößner hat jetzt mitgeteilt, sein Kollege habe Selbstmord begangen, auf welche Weise sei aber unbekannt.

Im Elsaß haben wir davon erfahren, daß ein Mann aus Selestadt in Colmar in das Altersheim gebracht worden ist, weil von seiner Familie behauptet worden war, er sei schon achtzig Jahre alt, was auch aus seinen Dokumenten hervorginge, er selbst aber behauptete ununterbrochen, erst sechzig Jahre alt zu sein, was sie nicht mehr hören konnten und was sie auf die Idee gebracht habe, seine Überstellung in das Altersheim von Colmar zu erwirken. Tatsächlich habe der Mann Tag und Nacht seine Behauptung aufgestellt und auch sonst seiner Familie das Leben *zu einem Entsetzen* gemacht. Er habe sich auch schon jahrelang nicht mehr gewaschen und sei immer nur barfuß gegangen und habe sich zeitweise vollkommen nackt mitten auf der Straße gezeigt, was alles genug gewesen wäre, ihn in eine Irrenanstalt einweisen zu lassen, was sie ihm aber nicht antun wollten. So seien sie auf die Idee gekommen, ihn nach Colmar zu schicken. Mit Mühe und Not in Colmar angekommen, habe er sich von den geistlichen

Schwestern, die ihn in das Altersheim überstellten, losgerissen und habe erst Stunden später wieder eingefangen werden können. Die geistlichen Schwestern hätten ihn aber überreden können, doch widerstandslos in das Altersheim hineinzugehn. In der Nacht hat der Mann, dessen Name mit Schluemberger angegeben wird, das Altersheim von Colmar angezündet und alle vierhundertachtundsiebzig Insassen sind verbrannt. Auch er selbst.

Entdeckung

Unterhalb des Ortlers hat ein Turiner Industrieller für seinen zweiundzwanzigjährigen Sohn von einem in der ganzen Welt berühmten Architekten ein Hotel bauen lassen, welches bei seiner Fertigstellung als das modernste und teuerste Hotel nicht nur in ganz Italien bezeichnet worden ist und zwölf Stockwerke hoch und tatsächlich schon nach einer Bauzeit von eineinhalb Jahren fertig gewesen ist. Bevor noch mit den Bauarbeiten begonnen worden war, hatte in die bis dahin völlig unzugängliche Landschaft, eine der unberührtesten in den Alpen überhaupt, die dem Industriellen aus Turin bei einer mit englischen Freunden unternommenen Bergwanderung zum ersten Mal aufgefallen und gleich für einen solchen Hotelbau geeignet erschienen war, eine Straße angelegt werden müssen, die eine Länge von neunzehn Kilometern aufweist. An die tausend Arbeiter hätten auf dieser Baustelle Arbeit gefunden. An dem Tag vor der Eröffnung des Hotels war der Sohn des ehrgeizigen Turiners plötzlich auf der

Rennbahn von Monza tödlich verunglückt. Die Eröffnungsfestlichkeiten hatten daraufhin gar nicht mehr stattgefunden. Der unglückliche Vater hatte noch am Tag des Begräbnisses seines Sohnes beschlossen, das gerade fertiggestellte Hotel nicht ein einzigesmal mehr zu betreten und von diesem Tage an vollkommen verfallen zu lassen. Er hatte alle schon für den Hotelbetrieb notwendigen, bereits engagierten Leute ausgezahlt und entlassen und die Zufahrtsstraße abgeriegelt und das Betreten des ganzen Tales, an dessen Abschluß das Hotel steht, verboten. Wir waren auf einer Wanderung auf das Ortlermassiv, von Gomagoi aus plötzlich auf das Hotel gestoßen, das zu diesem Zeitpunkt, drei Jahre nach seiner Vollendung, schon einen entsetzlichen Eindruck gemacht hatte. Die jahrelangen Unwetter hatten längst die Fenster zerstört und große Teile der Dächer abgetragen gehabt und aus der noch immer komplett eingerichteten Küche waren bereits hohe Bäume gewachsen, wahrscheinlich Kiefern.

Mimosen

Eine Freundin unserer Mutter hatte auf dem Weg nach Herzegnovi, von wo aus sie sich auf mehrere Wochen nach Montenegro zurückziehen hatte wollen, in Cavtat Station gemacht und war dort auf den wegen seiner Dubrovnik gegenüberliegenden einzigartigen Lage und wegen des Mausoleums des Ivan Mestrowic berühmten Friedhof gegangen. Gegenüber dem Mausoleum hatte sie, wie sie uns berichtet, auf einmal auf einem Marmorgrabstein den Namen des von ihr geliebten Tino Pattiera, der einmal einer der gefeiertsten Sänger an der Wiener Oper gewesen war, entdeckt und es war ihr in diesem Augenblick eingefallen, daß ihr Lieblingssänger aus Cavtat, das einmal Ragusaveggia geheißen hatte, stammte. Sie hatte nicht gewußt, daß der Sänger Pattiera schon tot sei. In ihrem Unglück ist sie nach Cavtat hinuntergegangen, das auch wegen seiner Mimosenpracht berühmt ist, und mit einem Mimosenstrauß wieder auf den Friedhof zurückgekommen, um ihn auf dem Grab Pattieras niederzulegen. Ihre

Montenegroreise war dann naturgemäß von ihrem Erlebnis in Cavtat überschattet und auch sonst sehr melancholisch gewesen. Ihre Verblüffung muß die größte gewesen sein, wie sie, nach Wien zurückgekommen, die Ankündigung gelesen hat, der Sänger Pattiera singe an einem der nächsten Tage in der Tosca, die ihre Lieblingsoper gewesen war. Tatsächlich hatte Pattiera, wie angekündigt, in dieser Tosca gesungen und die Freundin unserer Mutter hatte sich mit eigenen Ohren von der nach wie vor strahlenden Stimme des Sängers in der ausverkauften Oper überzeugen können, sie hatte nicht wissen können, daß sich der Sänger Pattiera schon zu Lebzeiten ein Grab in seinem Heimatort Cavtat angekauft und sich auch schon seinen Namen auf jenen weißen Marmorstein hatte meißeln lassen, von welchem die Freundin unserer Mutter, die zeitlebens eine große Opernenthusiastin gewesen ist, irregeführt worden war.

Ein berühmter Tänzer

In Maloja hatten wir die Bekanntschaft eines ehemals berühmten Tänzers der Pariser Oper gemacht, der eines Abends im Rollstuhl in unser Hotel hereingefahren worden war von einem jungen Italiener aus Castasegna, den sich der Tänzer auf mehrere Jahre verpflichtet hatte. Wie wir von dem Tänzer erfuhren, sei er mitten in der von Béjart nur für ihn choreografierten Premiere des *Rafeal* von Händel zusammengebrochen und seither gelähmt gewesen. Er habe, sagte der Tänzer, plötzlich das Bewußtsein verloren und es erst zwei Tage später wiedererlangt. Möglicherweise, so der Tänzer, welcher in einem sehr teueren Nutriapelz eingehüllt gewesen war, sei sein Unglück darauf zurückzuführen, daß er zum erstenmal in seiner Karriere während des Tanzes an die Kompliziertheit einer Schrittkombination gedacht hat, wovor er sich die ganzen fünfzehn Jahre seiner Karriere, die ihn an alle großen Opernhäuser der Welt geführt habe, gefürchtet habe. Der Tänzer, meinte er, dürfe, während er tanzt, niemals an seinen Tanz denken, er dürfe nur tanzen, sonst nichts.

Schlechtes Gewissen

Vor zwanzig Jahren habe ich in Warschau im Schauspielerklub, wo die Leute sich am besten unterhalten und auch am besten gegessen haben, die Frau eines in Polen sehr bekannten sogenannten surrealistischen Malers kennengelernt, die unter anderem Thomas Manns *Zauberberg* ins Polnische übersetzt hat und eine der gebildetsten Damen Polens ist. Erst am Ende unserer ersten Unterhaltung erwähnte sie ihre entsetzliche Lage, daß nämlich ihr Mann in einer Warschauer Klinik im Sterben liege, und daß sie an diesem Abend zum erstenmal seit einem Jahr ausgegangen und in Gesellschaft sei. Ich hatte noch mehrere Male das Vergnügen gehabt, mit ihr zusammenzukommen und mit ihr Gespräche über polnische und deutsche Literatur und Kunst zu führen. Auch über Politik habe ich selbstverständlich mit ihr gesprochen und immer wieder meine Bewunderung für die Polen zum Ausdruck gebracht. Als ich zehn Jahre später wieder in Warschau gewesen war, habe ich sie naturgemäß sofort aufgesucht. Gleich an der Tür aber hatte sie mich mit der Mitteilung empfangen, ihr Mann liege im Sterben, worauf ich geglaubt habe, sie wäre verrückt. Tatsächlich war sie aber seit beinahe zehn Jahren wieder verheiratet gewesen, nachdem ihr erster Mann gestorben war und jetzt war auch ihr zweiter Mann in derselben Klinik wie ihr erster und zwar wegen derselben Krankheit wie ihr erster, was sie mir nicht sofort gesagt hatte. Ich hatte sie naturgemäß gleich in den Schauspielerklub eingeladen und wieder hatte sie gesagt, sie sei seit einem Jahr nicht mehr in Gesellschaft und natürlich auch nicht mehr in den Schauspielerklub gegangen. Als ich jetzt, weitere zehn Jahre später, wieder nach Warschau gekommen bin, habe ich sie nicht mehr aufgesucht, obwohl ich sie während meines ganzen Aufenthaltes ununterbrochen vermißt und naturgemäß ein schlechtes Gewissen gehabt habe.

Vergessen

Im Warschauer Hotel Saski, in welchem ich mehrere Male gewohnt habe, sind immer die interessantesten Ausländer abgestiegen und ich bin aus diesem Grunde immer in das Hotel *Saski* und nicht in das *Bristol* oder in das *Europejski* gegangen, von welchen ich immer enttäuscht gewesen war. Eines Abends, schon gegen Mitternacht, als ich ganz allein in der unteren Halle gesessen war, setzte sich ein Herr an meinen Tisch und berichtete folgendes: er sei vor etwa zwei Stunden aus dem Hotel hinausgegangen, um einen Autobus nach Wilanow zu besteigen, wo er sich in der Nähe des königlichen Schlosses mit einem Geschäftspartner verabredet habe, er hasse Taxis und sei aus diesem Grunde, nicht deswegen, weil es viel billiger ist, immer mit dem Autobus gefahren. Die polnischen Autobusse, hatte er mir bei dieser Gelegenheit gleich erklärt, seien die angenehmsten auf der ganzen Welt und ganz gleich, wieviele Menschen in sie hineingepfercht sind, die Luft in ihnen sei immer die beste. Überhaupt liebe er Polen wie kein anderes Land, was ich verstehe, denn mir selbst ist kein anderes Land in Europa lieber. Er war gebürtiger Schlesier, aber mit einem kanadischen Paß und hatte wahrscheinlich immer die Angewohnheit, sich abwechselnd in deutsch und in englisch auszudrücken, eine Sprechweise, die ich immer als anziehend und anregend empfunden habe. Als der Ausländer aber an diesem Abend, wie es schon seine Gewohnheit gewesen war, aus dem Hotel Saski hinaus und zur Haltestelle gegangen sei, habe er plötzlich nicht mehr gewußt, *was* er auf der Straße wollte und sei daraufhin wieder in das Hotel Saski zurückgegangen. Er habe sich aber, weil ihm dann überhaupt nicht mehr eingefallen sei, *warum* er aus dem Hotel hinausgegangen und zur Haltestelle gegangen sei, im Hotel Saski nicht beruhigen können und sei wieder aus dem Hotel Saski hinaus und dann zwei Stunden um das Hotel Saski herumgegangen. Vor etwa zehn Minuten sei ihm plötzlich wieder eingefallen, daß er nach Wilanow hatte hinausfahren wollen, um den schon erwähnten Geschäftspartner zu treffen. Jetzt sei es aber zu spät gewesen, nach Wilanow hinauszufahren und er habe beschlossen, ins Hotel zurückzugehen, sich in die Halle zu setzen und ein Glas Whisky zu trinken. Er sei von dem Zwischenfall noch ganz aufgeregt, sagte er, und bestellte zwei Gläser Whisky, eins für sich und eins für mich.

Piccadillycircus

Ein kürzlich in London gewesener Kollege meines Vetters berichtete diesem, er sei während seines Londoner Aufenthaltes zwischen zehn und elf Uhr am Abend auf dem Piccadillycircus auf die Idee gekommen, in eine, gleich welche, Untergrundbahn zu steigen und bis zur Endstation zu fahren, wie er das schon sehr oft gemacht habe, denn von nichts auf der Welt sei er solange er zurückdenken könne, zeitlebens mehr begeistert gewesen, als von der Londoner Untergrundbahn, die mit keiner anderen Untergrundbahn auf der Welt vergleichbar sei und schon gar nicht mit der Metro in Paris, die ihn, wie er sie zum erstenmal bestiegen habe, so enttäuscht habe, daß er beschlossen hat, nie mehr seinen Fuß in die Stadt Paris zu setzen. Kaum sei jener Kollege in London, besteige er irgendeine Untergrundbahn und fahre mit ihr solange wie möglich und er sei tatsächlich alle Londoner Untergrundbahnstrecken schon so oft gefahren, daß er es nicht mehr zählen könne. Tatsächlich war er an dem fraglichen Tage schon mehrere Male mit der Untergrundbahn gefahren, er hatte aber selbst nach zehn Uhr am Abend noch nicht genug davon. Als aber jetzt, so der Untergrundenthusiast zu meinem Vetter, die Untergrundbahn, auf welche er gewartet hatte, eingefahren war und sich die automatischen Türen öffneten, fielen die an die Türen gepreßten Fahrgäste vollkommen steif und tot heraus und die anderen waren, ebenso steif und tot in der Untergrundbahn stehen und sitzen geblieben. Erschrocken war er, der als einziger auf dem Bahnsteig gewartet hatte, wieder auf den Piccadillycircus hinaufgelaufen. Wie er aber sein Erlebnis den Untergrundbahnbeamten oben mitgeteilt hatte, hätten diese nur die Köpfe geschüttelt. Er sei dann nach Knightsbrigde, um sich zu erholen. Seither fahre er nicht mehr mit der Untergrundbahn.

Erhöht

Im Kreisgericht Wels hat eine Frau mit achtundvierzig Vorstrafen, die der Gerichtsvorsitzende gleich zur Eröffnung ihrer *bisher letzten Verhandlung*, wie die Welser Zeitung schreibt, als *gerichtsbekannte Diebstahlsgreisin* bezeichnet hat und die jetzt wegen des Diebstahls eines für sie vollkommen unbrauchbaren Lorgnons angeklagt gewesen war, das sie einer kürzlich verstorbenen Opernbesucherin gestohlen hatte, die aber schon seit vielen Jahren gehunfähig ist und keine Oper mehr besucht hat und aus diesen Gründen das Lorgnon nicht mehr benützt und tatsächlich schon vergessen gehabt hat, wie sich während der Verhandlung herausgestellt hatte, ihre nur auf drei Monate bemessene Gefängnisstrafe um weitere sechs Monate erhöhen können, indem sie sofort nach der Urteilsverkündung durch den Gerichtsvorsitzenden eben diesem eine Ohrfeige gegeben hat. Sie habe sich mindestens neun Monate Gefängnis erhofft, weil sie es in Freiheit nicht mehr aushalten könne, hat sie angegeben.

Im Frauengraben

Im Gasthaus *Zur Wies* im Aurachtal, in welchem wir sehr oft mit den Holzarbeitern zusammen sind, wenn wir über ihre Probleme aufgeklärt werden und auch besser als woanders unterhalten sein wollen, ist neunzehnhundertdreiundfünfzig vor Weihnachten ein Mann aufgetaucht, welcher uns sofort durch seine Schweigsamkeit aufgefallen war. Daß er, den wir vorher noch nie gesehen hatten, bäuerlicher Abkunft gewesen sein mußte, war uns sofort klar gewesen, weil er, nachdem er sich in der Gaststube hingesetzt hatte, seinen Hut auf dem Kopf behalten hatte. Es war unklar, was der Mann, der an die dreißig gewesen ist, hier suchte, er war auch nicht bei hier ansässigen Verwandten zu Besuch, dafür war er uns zu wenig gut angezogen gewesen, seine Kleidung war abgetragen und an vielen Stellen sogar schon zerrissen. Einmal neugierig geworden, hatten wir ihn aufgefordert, an unserem Tisch Platz zu nehmen und sich an unserer Unterhaltung zu beteiligen und er hatte sich zu uns gesetzt und wir hatten ihm ein

Glas Bier bringen lassen. Erst zu vorgeschrittener Stunde hatte der Mann ohne weiteres gesagt, daß er auf der Suche nach einer Frau sei, ob wir eine solche für ihn geeignete kennen, hatte er uns gefragt und wo sie zu finden sei. Ausgelassen, wie wir waren, hatten wir nur einen Scherz gemacht und ihn gegen Mitternacht in den sogenannten Frauengraben hineingeschickt, aus welchem ein kleiner, aber zuzeiten doch alles mit sich reißender Fluß herausstürzt und in welchem keine Sonne scheint. Im Frauengraben lebte eine an die fünfzig Jahre alte, an den Beinen und an den Armen und überhaupt vollkommen verkrüppelte Frau, die aber wegen ihrer absoluten Tierliebe und Menschenfreundlichkeit sehr geschätzt war. Der Mann ist zehn Jahre nicht mehr aus dem Frauengraben herausgekommen und nach zehn Jahren zum erstenmal allein zu dem Zweck, die alte Verkrüppelte in der kleinen Kirche zu Reindlmühle zu ehelichen. Nach ihrer Hochzeit sind die beiden auf weitere zehn Jahre im Frauengraben verschwunden. Es wird gesagt, daß sie glücklich sind.

Die Panther

Die polnischen Dompteure sind dafür bekannt, daß sie keine Fehler machen. Jetzt ist aber ein Fall bekannt geworden, daß ein polnischer Dompteur einen Fehler gemacht hat. Der Dompteur Lutoslawsky, welcher auch schon im Zirkus Krone und im Zirkus Sarassani zu sehen gewesen war, hatte in Krakau, seiner Heimatstadt, nachdem er seine berühmte Panthernummer gezeigt hatte, den Bürgermeister von Krakau, der in der ersten Reihe gesessen war, aufgefordert, gleich ihm die Panthernummer zu zeigen, in welcher auf dem Höhepunkt der geschickteste Panther durch einen brennenden Reifen zu springen hatte. Lutoslawsky war es gewohnt gewesen, daß bis jetzt alle von ihm zu diesem selbstmörderischen Kunststück Aufgeforderten naturgemäß abgelehnt hatten, worauf jedesmal die Panthernummer zuende gewesen war und die nächste, die Nummer mit dem sprechenden Esel, begonnen hatte. Der Bürgermeister von Krakau hatte aber zur Überraschung aller und zum Entsetzen des Dompteurs die Aufforderung angenommen und war in den Pantherkäfig hineingegangen und hatte sich von Lutoslawsky den Dressurstock geben lassen und hatte, während Lutoslawsky mit dem Rükken zum Gitter die Szene beobachtet hatte, genau die gleiche Nummer mit den Panthern vorgeführt wie Lutoslawsky. Dem Publikum war vorgekommen, die Nummer sei unter dem Krakauer Bürgermeister noch viel aufregender und noch viel kunstvoller ausgefallen wie unter Lutoslawsky und es hatte seinen Bürgermeister, wie vor Begeisterung immer gesagt wird, *mit Beifall überschüttet*, während es Lutoslawsky ausgepfiffen hat. Plötzlich, in diesen Beifall hinein, hatten sich die bis jetzt ruhig auf ihren Hockern sitzenden Panther auf Lutoslawsky gestürzt und hatten ihn vor den Augen des entsetzten Publikums vollkommen zerfleischt. Warum sie sich nicht auf den Bürgermeister gestürzt haben, welcher sich von den Panthern völlig verschont in Sicherheit bringen hatte können, fragen die polnischen Zeitungen.

Falsch gesungen

In der belgischen Stadt Brügge soll vor zweihundert Jahren ein neunjähriger Chorknabe enthauptet worden sein, der in einer vor dem ganzen königlichen Hofe in der Kathedrale von Brügge aufgeführten Messe einen Ton falsch gesungen hat. Durch den von dem Chorknaben falsch gesungenen Ton war nämlich die Königin in Ohnmacht gefallen und bis zu ihrem Tode nicht mehr aus dieser Ohnmacht aufgewacht. Der König soll ein Gelübde abgegeben haben, daß er, wenn die Königin nicht mehr zu sich komme, nicht nur diesen einen schuldigen Brügger Chorknaben, sondern auch alle übrigen Brügger Chorknaben und den Organisten der Kathedrale enthaupten lassen wird, was er auch getan hat, nachdem die Königin aus ihrer Ohnmacht nicht mehr aufgewacht und gestorben ist. Jahrhundertelang waren in Brügge keine musikalischen Messen mehr zu hören gewesen.

Der Auszügler

Ein sogenannter Auszügler, also ein ehemaliger Bauer, der seinen Hof schon an seinen Sohn übergeben hat und der schon elf Jahre allein in einem ebenerdigen früheren Kellergebäude gelebt hat, ist in Breitenschützing, einer oberösterreichischen Ortschaft, die wegen des dichten Nebels der dort beinahe den ganzen Herbst und den ganzen Winter liegen bleibt und schon viele Bewohner von Breitenschützing wahnsinnig gemacht hat, von dem Briefträger, der ihm die fällige Rente zustellen hatte wollen, tot aufgefunden worden. Der Auszügler, ein Invalide, der im zweiten Weltkrieg im Kaukasus sein rechtes Bein verloren hat und der wegen Tapferkeit vor dem Feind das eiserne Kreuz erster Klasse bekommen hat, hatte, um nicht erfrieren zu müssen und weil ihm von seinem Sohn und von seiner Schwiegertochter, die im Streit zusammenlebten und ihren Vater und Schwiegervater schon monatelang allein gelassen hatten, kein Holz mehr zur Verfügung gestellt worden war, zuletzt sein Holzbein in die offene Feuerstelle geworfen, wie die Gendarmerie festgestellt hat und ist aber trotzdem, wie das Feuer endgültig ausgegangen war, erfroren. Gegen den Sohn und die Schwiegertochter ist Anzeige erstattet worden.

Die Magd

Wir haben es vorige Woche erlebt, daß fünf Kühe nacheinander in unseren Schnellzug gelaufen sind, mit welchem wir nach Wien zurückfahren mußten, und völlig zerstückelt wurden. Nachdem die Geleise freigemacht worden waren, von den Zugbegleitern und selbst von dem mit einer Spitzhacke herbeigelaufenen Lokomotivführer, war der Zug nach etwa vierzig Minuten Aufenthalt wieder weiter gefahren. Aus dem Fenster schauend, hatte ich die Magd sehen können, die schreiend gegen einen in der Dämmerung gelegenen Hof gelaufen ist.

Der Wahrsager Gruber in Wels, ist von jenem Transportunternehmer umgebracht worden, dem er vorausgesagt hatte, daß seine Frau noch im alten Jahr sterben wird. Der Transportunternehmer hat den Gruber unter dem Vorwand, er wolle ihm seine zukünftige Wohnstätte zeigen, in seinen Neubau in Lichtenau hineingelockt und erschlagen und eigenhändig in einem sogenannten toten Kellergang eingemauert. Vor Gericht hat der Transportunternehmer zugegeben, daß er schon im März beschlossen habe, dann den Wahrsager Gruber umzubringen, wenn seine Frau die Weihnachten noch überlebe. Zwischen dem Stefanitag und Silvester habe er ausgemacht, solle der Gruber auf eine Stunde zu ihm kommen, damit er mit ihm auf das neue Jahr anstoßen und auch gleich seine Ideen in Augenschein nehmen könne, die er in seinem Neubau verwirklicht habe. Gruber wird als arglos, der Transportunternehmer als gefinkelt bezeichnet. Der berühmte Gerichtsmediziner Breitenegger aus Wien hatte den Zeitpunkt des eingetretenen Todes Grubers nach immerhin acht Wochen noch auf die Minute feststellen können. Der Transportunternehmer hat schon seit Jahren ein Verhältnis mit einer Leondinger Weißnäherin gehabt.

Der Lodenmantel

Ein von der Traun bei Steirermühl angeschwemmter Lodenmantel hat jetzt ein über zweieinhalb Jahre zurückliegendes Unglück wieder nicht aufgeklärt. Der Lodenmantel ist einwandfrei als der Lodenmantel des Zementvorarbeiters Irsiegler identifiziert worden. Irsiegler ist bis heute verzweifelt von seiner Familie gesucht worden, weil er der einzige ist, der weiß, wo sein Vater neunzehnhundertfünfundvierzig, also bei Kriegsende, jenen Goldmünzenschatz vergraben hat, auf welchen die Familie immer gehofft, den Irsiegler aber erst zu Neujahr neunzehnhundertvierundsiebzig hatte heben wollen, weil ihm sein Vater das Versprechen abgenommen hatte, daß er nicht vor Neujahr vierundsiebzig den Schatz, dessen tatsächliche Herkunft unbekannt ist, hebt. Irsiegler ist gleich unterhalb der Stelle, an welcher sein Lodenmantel angeschwemmt wurde, tot aufgefunden worden. Er muß mehrere Wochen im Wasser gelegen sein. Wo er die übrige Zeit und also beinahe zweieinhalb Jahre vorher gewesen ist, ist unbekannt. Damals war Irsiegler in das Gasthaus Anschütz nur auf ein Bier gegangen und nicht mehr zurückgekommen.

Papierarbeiter

Der Papierarbeiter Filzmoser hat seinen Nachbarn, den wie er in der Papierfabrik Steirermühl beschäftigt gewesenen Papierarbeiter Nöstlinger *irrtümlich*, wie er vor Gericht ausgesagt hat, erschossen. Er habe auf einen plötzlich aus dem Unterholz des sogenannten Peiskamerwaldes auffliegenden Fasan geschossen, dabei aber nicht den Fasan, sondern Nöstlinger getroffen, mit welchem er schon über fünfundzwanzig Jahre auf die Jagd gehe. Nöstlinger sei sofort tot gewesen. Mit Nöstlinger habe ihn, Filzmoser, eine lebenslängliche Freundschaft verbunden. Zeugen hatten vor Gericht ausgesagt, daß die beiden seit dem Zeitpunkt, in welchem sich Nöstlinger einen Kredit für einen Zubau zu seinem Haus haben verschaffen und auch gleich mit der Ausführung dieses Zubaus habe anfangen können, nicht mehr gesprochen hatten. Denn dem Filzmoser war ein solcher, von ihm an derselben Stelle in Linz beantragter Kredit abgewiesen worden. Es ist bekannt, daß im Traunviertel sehr viele Männer ihren Jagdschein nur zu Mordzwecken erwerben.

Grenzstein

Von einer Bootsfahrt, die ein Ehepaar gegen Abend von Traunkirchen aus gegen Rindbach zu unternommen hatte, war nach etwa vier Stunden nur der Mann zurückgekommen, welcher sich am Dienstag abend gegen neun Uhr ganz erregt bei dem weit bekannten Fischer Moser gemeldet und angegeben hat, während des plötzlich aufgekommenen Sturms sei seine Frau aus dem Boot, einer der wenigen noch auf dem Traunsee vorhandenen alten Zillen, hinausgeschleudert worden und ertrunken. Er habe alles versucht, sie zu retten. Seine Frau sei plötzlich untergegangen. Schließlich habe er um sein eigenes Leben fürchten müssen und sei umgekehrt und habe, unter den größten Schwierigkeiten, das Ufer erreichen können. Eine Suchaktion am andern Tag ist ohne Ergebnis geblieben. Der Mann hat drei Tage später, wie jede Hoffnung aufgegeben worden war, einen Gottesdienst in der Pfarrkirche abhalten und ein Jahr später an der seeseitigen Mauer derselben Kirche eine schwarze Marmortafel zum Gedenken seiner ertrunkenen Frau anbringen lassen. Kurz darauf hat er geheiratet. Das war neunzehnhundertdreiundsiebzig. Zwei Jahre später haben Taucher unterhalb des Traunsteins auf dem Seeboden eine Leiche entdeckt und, weil das Wetter dafür günstig gewesen war, herauf- und an Land gezogen, die um ihren Hals einen Strick und an diesem Strick einen Grenzstein der Gemeinde Altmünster gebunden gehabt hatte. Es handelte sich um die angeblich Ertrunkene.

Zwei Brüder

Zwei Brüder hatten eine naturgemäß ihren Anlagen entsprechende Lebensentwicklung genommen und waren die entgegengesetzten Wege und also mit der Zeit vollkommen auseinander gegangen. Wir haben beide geliebt und wir hatten jahrzehntelang tatsächlich behutsam ihre Fähigkeiten beobachtet, die des philosophischen und die des kaufmännischen, und wir waren immer zu gewissen Zeiten von diesen Fähigkeiten angezogen und dann wieder abgestoßen gewesen, einmal mehr von den philosophischen des einen, dann wieder mehr von den kaufmännischen des anderen. Wie wir alle über dreißig gewesen waren, durften wir aufeinmal nicht mehr damit rechnen, daß sich die Innigkeit unserer Beziehungen wieder herstellen läßt und wir haben die zwei aus den Augen verloren. Schließlich hatten wir aber von der Bedeutung und von der Berühmtheit unserer früheren Freunde erfahren und von dem Umstand, daß gerade diese ihre Bedeutung und Berühmtheit sie auseinandergebracht und jeden für sich isoliert hatte mit der Zeit. Der eine existierte tatsächlich nurmehr noch ausschließlich seiner Philosophie, der andere seinen Geschäften zuliebe. Als der eine gestorben war, hatten seine Angehörigen gesagt, daß er sich *zutode gearbeitet* habe. Ein Jahr später, als auch der zweite gestorben war, hatte es geheißen, dieser habe sich *zutode gelesen*. Sie waren an dem entscheidenden Punkte ihres Lebens auseinander und jeder in seine Richtung, die nur die entgegengesetzte hatte sein können, konsequent in ihren Tod gegangen.

Natürlich

Beim Begräbnis eines Holzknechts aus Irresberg, mit welchem wir drei Tage vorher noch im Gasthaus zusammen gewesen waren und von dem wir so viel über unsere unmittelbare Landschaft und ihre Leute erfahren haben, wie vorher von keinem andern, waren wir naturgemäß nachdenklicher gewesen als bei anderen. Wie ganz plötzlich von einem solchen einfachen Menschen mehr und vor allem kompliziertere Zusammenhänge ans Tageslicht kommen hatten können als von anderen, die wir eben nicht als einfach, sondern als kompliziert eingeschätzt hatten. Der Holzknecht, welcher uns Jahrzehnte bekannt und wie beinahe alle Holzknechte in der Gegend, freundschaftlich verbunden gewesen war, hatte sich in diesen Jahrzehnten kaum jemals auf eine solche offene Weise geäußert wie an jenem für ihn letzten Abend im Gasthaus, seine Berichte zeigten uns auf einmal ein anderes Land und andere Menschen und sind jetzt die einzig authentischen. Der Mann hatte mehrere Stunden seine und tatsächlich *die*

Welt erklärt und hatte, nachdem er uns seine Erklärungen klargemacht hatte, dann wieder geschwiegen, wie wir geglaubt hatten, auf die ihm angemessene Zeit. Er war aber auf dem Heimweg in die Aurach gestürzt und ertrunken. Schulkinder hatten ihn aufgefunden. Der Schuldirektor hat eine kurze Rede an seinem Grab gehalten und gesagt, er, sein Freund, der Holzknecht, sei ein *natürlicher* Mensch gewesen.

Riese

Auf dem Friedhof in Elixhausen haben Arbeiter, die den Auftrag haben, eine Gruft für einen verstorbenen Käsereibesitzer zu bauen, in einer Tiefe von nur einem Dreiviertelmeter, das Skelett eines Menschen ausgegraben, der Zweimetervierundsiebzig lang gewesen sein muß und wahrscheinlich vor hundertfünfzig Jahren begraben worden ist. In Elixhausen sollen, soweit sich zurückdenken läßt, immer nur ganz kleine Menschen gelebt haben.

Naturgeschichte

Aus gestörtem Selbstbewußtsein habe jener Naturgeschichtsprofessor aus Salzburg gehandelt, der einem Schüler, wie von dem Schüler behauptet wird, ohne Grund eine Ohrfeige gegeben habe, worauf der Schüler sein Gehör verloren hat, wie die Ärzte sagen, für immer. Der Vater des Schülers, ein Pflasterermeister, welcher sich vorgestellt gehabt hatte, seinen Sohn auf die Technische Hochschule in Wien zu schicken und aus ihm einen berühmten Architekten zu machen, hat sich von einem ihm bekannten, behördlich beeideten Schätzmeister jene Summe ausrechnen lassen, die sein Sohn, wenn er die von seinem Vater für ihn bestimmte Laufbahn ordentlich, wie es in dem Gutachten steht, und tatsächlich mit Erfolg eingeschlagen und zu ihrem Ziel geführt hätte, bis zu seinem fünfundsechzigsten Lebensjahr verdient hätte und hat den Naturgeschichtsprofessor genau um diese Summe verklagt. Bei dieser mit zweihundertdreißig Millionen Schilling errechneten Summe handelte es sich um die Mindestsumme, die anzunehmen und also einzutreiben sei, so der Gutachter im Auftrag des Vaters des von dem Naturgeschichtsprofessor taub geschlagenen Sohnes, welcher vor drei Tagen in die bekannte Liechtensteinklamm gestürzt ist. Das Verfahren ist eingestellt worden. Der Naturgeschichtsprofessor ist seit mehreren Monaten vom Dienst suspendiert, weil es verboten ist, einen Schüler zu mißhandeln. Er habe darauf *vergessen*, daß die Prügelstrafe längst abgeschafft sei, hatte er vor der mit seinem Fall beauftragten Schiedsgerichtskommission ausgesagt.

Auffallend sei, daß die Schüler, die in Salzburg Selbstmord begehen, aus den sogenannten bürgerlichen Kreisen kommen, hatte ein Landtagsabgeordneter vor dem Salzburger Landtag ausgesagt, nachdem auf dem Landtag zur Sprache gekommen war, daß die Zahl der Schüler, die sich im Vorjahr in Salzburg umgebracht und das heißt, von einem der Stadtberge gestürzt haben oder in die Salzach gegangen sind, sich gegenüber dem Vorjahr verdoppelt hat. Bekanntlich hat Salzburg die höchste Selbstmordrate unter den Schülern in der ganzen Welt. Je höher die Schönheit einer Stadt einzuschätzen sei, so der Abgeordnete, desto höher sei ihre Selbstmordrate, nicht, wie bisher angenommen worden ist, umgekehrt. Es sei die Frage, wie dem Problem des Schülerselbstmords in Salzburg, das zu einem der dringlichsten geworden sei und sich auch schon in der ganzen erstaunten Welt herumgesprochen habe, von behördlicher Seite zu begegnen sei. Er, ein sozialistischer Abgeordneter, frage sich jetzt, nachdem sich in der Vorwoche der vierzehnjährige Sohn eines bei der Stadt angestellten Gartenarbeiters von der sogenannten Humboldtterrasse in die Tiefe gestürzt hat und vollkommen zerschmettert liegen geblieben ist, ob dieser Vorfall nicht ein Beweis dafür sei, daß die Arbeiterklasse jetzt schon zum Bürgerstand aufgestiegen und möglicherweise überhaupt schon längere Zeit, wenn auch noch nicht offiziell, dem Bürgertum zuzurechnen sei.

Zwei Zettel

In der Universitätsbibliothek zu Salzburg hat sich an dem großen Luster im großen Lesesaal der Bibliothekar erhängt, weil er, wie er auf einem hinterlassenen Zettel schreibt, es nach zweiundzwanzig Dienstjahren plötzlich nicht mehr ertragen hatte können, Bücher zu ordnen und Bücher auszuleihen, die nur dazu geschrieben worden sind, um Unheil anzurichten, wobei er sich auf alle jemals geschriebenen Bücher bezieht. Das hat mich an den Bruder meines Großvaters erinnert, der Revierjäger in Altentann bei Henndorf gewesen ist und sich auf dem Gipfel des Zifanken erschossen hat, weil er das Unglück der Menschen nicht mehr ertragen habe können. Auch er hatte diese seine Erkenntnis auf einem Zettel hinterlassen.

Unglückliche Liebe

Der Geografieprofessor Pittioni, der, solange er im Gymnasium unterrichtet hat, von seinen Schülern gepeinigt worden ist, ist aus dem Urlaub nicht mehr zurückgekommen. Ursprünglich nur zum Studium der Schriften Humboldts und um auszuspannen, nach Hüttschlag gekommen, hat er sich in dem Zimmer, in welches er sich *nur auf ein paar Tage* zurückgezogen gehabt hat, erhängt. In seinem Testament hat er alles, was er besessen hat, seinen Schülern vermacht. Sie sollten jetzt, da er die einzige für ihn mögliche Konsequenz gezogen habe, schreibt er darin, nicht glauben, er habe sie gehaßt. Im Gegenteil. Seine Liebe zu ihnen hätten sie aber, so sehr er sich auch um sie bemüht habe, nicht angenommen. Aus welchem Grunde immer, er hoffe auf ihr Verzeihen.

Reisegesellschaft

In Pontebba ist zweiundzwanzig Jahre nach einem Erdrutsch, der den halben Ort verschüttet hat, ein ganzer Autobus ausgegraben worden, welcher zum Zeitpunkt des Erdrutsches voll besetzt gewesen war. Die Insassen waren, wie die Zeitungen schreiben, noch gut erhalten auf ihren Sitzen gesessen und hatten alle um den Hals kleine blaue Zettel mit ihrem daraufgestempelten Reiseziel *München*. Damals hatte in München, wie festgestellt worden ist, eine Ikonenausstellung stattgefunden, auf welcher auch eine Ikone aus Pontebba zu sehen gewesen war.

Wahre Liebe

Ein Italiener, der in Riva am Gardasee eine Villa besitzt und der von den Zinsen des ihm von seinem Vater hinterlassenen Vermögens sehr gut leben kann, hat, wie *La stampa* schreibt, die letzten zwölf Jahre mit einer Schaufensterpuppe zusammengelebt. Die Bewohner von Riva berichten, sie hätten an milden Abenden beobachtet, wie der Italiener, der angeblich Kunstgeschichte studiert hat, mit dieser Schaufensterpuppe das unweit seiner Villa gelegene, mit einer Glaskuppel überdachte Luxusboot betreten habe, um mit seiner Schaufensterpuppe auf den See hinauszufahren. Als er vor Jahren einmal in einem an die in Desencano herausgegebene Zeitung gerichteten Leserbrief als unzüchtig bezeichnet worden ist, habe er bei dem zuständigen Standesamt seine Verehelichung mit der Schaufensterpuppe beantragt, was aber abgelehnt worden ist. Auch die Kirche hat ihm eine Verheiratung mit seiner Schaufensterpuppe verweigert. Im Winter verläßt er regelmäßig gegen Mitte Dezember den Gardasee und fährt mit seiner Geliebten, die er in einem Schaufenster in Paris kennengelernt hat, nach Sizilien, wo er sich immer in dem berühmten Hotel Timeo in Taormina einmietet um der Kälte zu entkommen, die entgegen allen Beteuerungen auch am Gardasee ab Mitte Dezember jedes Jahr unerträglich ist.

Unmöglich

Ein Theaterschriftsteller, dessen Schauspiele auf allen großen Bühnen gespielt worden sind, hatte es sich zum Prinzip gemacht, keine dieser Aufführungen zu besuchen und jahrelang hatte er, der mit den Jahren einen immer noch größeren Erfolg gehabt hatte, an diesem Prinzip festhalten können. Alle Einladungen der Schauspieldirektionen, sich ihre Inszenierung anzuschauen, hatte er grundsätzlich abgelehnt, die meisten Aufforderungen dazu überhaupt nicht beantwortet. Im Übrigen hatte er nichts mehr gehaßt, als Theaterdirektoren. Eines Tages hatte er sein Prinzip durchbrochen und war nach Düsseldorf gereist, wo man im dortigen Schauspielhaus, das damals als eine der ersten Bühnen gegolten hat, was naturgemäß nicht heißt, daß das Düsseldorfer Schauspielhaus damals auch tatsächlich ein erstes Theater in Deutschland gewesen ist, und hatte sich sein dort aufgeführtes letztes Schauspiel angeschaut, naturgemäß nicht die Premiere, aber die dritte oder die vierte Vorstellung. Nachdem er gesehen hatte, was die Düsseldorfer Schauspieler aus seinem Schauspiel gemacht hatten, war er mit einer Klage vor das dafür zuständige Düsseldorfer Gericht gegangen, die ihn noch bevor es zur Verhandlung über diese Klage gekommen war, in das nahe Bielefeld gelegene berühmte Irrenhaus Bethel gebracht hat. Er hatte den Düsseldorfer Schauspieldirektor auf Herausgabe seines Schauspiels geklagt, was nichts anderes bedeutete, als daß er verlangte, alle an dem Schauspiel in welcher Weise immer Beteiligten, sollten alles, was sie auch nur im geringsten mit seinem Schauspiel in Beziehung gebracht hatte, heraus- und zurückgeben. Selbstverständlich hatte er auch gefordert, daß die Zuschauer, nahezu fünftausend, die sein Schauspiel inzwischen gesehen hatten, ihm das Gesehene zurückgeben.

Empfindung

Ein anderer Theaterschriftsteller hatte vor Gericht, vor welches ihn ein beleidigter Zuschauer zitiert hatte, weil er sich von ihm auf der Bühne des Bochumer Schauspielhauses, das der Theaterschriftsteller auch vor Gericht immer nur als Bochumer Narrenhaus bezeichnet hatte, in welchem in Wahrheit von einem Irrenhausdirektor, der sich nur als Schauspieldirektor ausgebe keine Schauspieler, sondern Narren gehalten und das ganze Jahr über einem ratlosen Publikum vorgeführt werden, verunglimpft gefühlt hatte, ausgesagt, daß er nur deshalb immer so großen Erfolg habe, weil er im Gegensatz zu seinen erfolglosen Kollegen ehrlich genug sei, seine Komödien immer als Tragödien, seine Tragödien aber immer als Komödien auszugeben. Als er einmal eine Tragödie tatsächlich als eine Tragödie ausgegeben habe, hätte er sich einen ungeheueren Mißerfolg eingehandelt. Seither halte er wieder an seinem Prinzip fest, eine Komödie als Tragödie und eine Tragödie als eine Komödie auszugeben und der Erfolg sei ihm jedesmal sicher. Weil er inzwischen so berühmt geworden war, daß er sich beinahe alles leisten konnte, hatte ihn das Gericht, vor das ihn der beleidigte Zuschauer zitiert gehabt hatte, weil er diesen Zuschauer als genauso stumpfsinnig bezeichnet hatte wie alle anderen in die Millionen gehenden Zuschauer auf der ganzen Welt, freigesprochen. Der Gerichtsvorsitzende habe ihn deshalb freigesprochen, behauptete der Theaterschriftsteller nach der Verhandlung, weil er, der Gerichtsvorsitzende, das Theater und alles, das mit dem Theater zusammenhängt, wie nichts auf der Welt hasse, was er, der Theaterschriftsteller gut verstehen könne, denn es sei seine eigene Empfindung.

Ein eigenwilliger Autor

Ein Autor, der nur ein einziges Theaterstück geschrieben hat, das nur ein einzigesmal auf dem, seiner Meinung nach besten Theater der Welt und genauso seiner Meinung nach nur von dem besten Inszenator auf der Welt und genauso seiner Meinung nach nur von den besten Schauspielern auf der Welt aufgeführt werden durfte, hatte sich schon bevor der Vorhang zur Premiere aufgegangen war, auf dem dafür am besten geeigneten, aber vom Publikum überhaupt nicht einsehbaren Platz auf der Galerie postiert und sein eigens für diesen Zweck von der Schweizer Firma Vetterli konstruiertes Maschinengewehr in Anschlag gebracht und nachdem der Vorhang aufgegangen war, immer jenem Zuschauer einen tödlichen Schuß in den Kopf gejagt, welcher seiner Meinung nach, an der falschen Stelle gelacht hat. Am Ende der Vorstellung waren nur noch von ihm erschossene und also tote Zuschauer im Theater gesessen. Die Schauspieler und der Direktor des Theaters, hatten sich während der ganzen Vorstellung von dem eigenwilligen

Autor und von dem von ihm verursachten Geschehen, nicht einen Augenblick stören lassen.

Unerfüllter Wunsch

Eine Frau in Atzbach ist von ihrem Mann deswegen erschlagen worden, weil sie seiner Meinung nach das falsche Kind aus dem brennenden Hause mit sich selbst in Sicherheit gebracht hatte. Sie hatte nicht den achtjährigen Sohn, mit welchem ihr Mann etwas besonderes vorgehabt hatte, gerettet, sondern die Tochter, die von dem Mann nicht geliebt worden war. Als der Mann vor dem Welser Kreisgericht gefragt worden war, was er denn mit seinen Sohn vorgehabt habe, der im Feuer vollkommen verbrannt ist, hatte der Mann geantwortet, einen Anarchisten und diktatur- und also staatsvernichtenden Massenmörder.

Geistesgegenwart

Geistesgegenwart bewies ein Mann in Rutzenmoos, der einen dreijährigen Buben vor einem wildgewordenen Stier rettete, wie das *Linzer Tagblatt* schreibt. Der Mann, ein Zementarbeiter der Firma Hatschek, die seit Jahrzehnten Tausenden von Arbeitern Arbeit gibt und in der ganzen Gegend immer wieder Beispiele für soziale Gesinnung sichtbar macht, indem sie Kinderheime und Krankenhäuser baut und Zuschüsse für Altersheime und für Irrenanstalten gibt, habe den Stier mit einer grellroten Strickjacke von dem Buben abgelenkt. Der Bub hatte auf- und davonlaufen können, während der Stier sich auf den Mann gestürzt und ihn aber derartig zugerichtet habe, daß er tags darauf in der von der Firma Hatschek gestifteten Vöcklabrucker Unfallklinik gestorben sei. Das *Linzer Tagblatt* schreibt von dem glücklichen Umstand, daß der Zementarbeiter aus Rutzenmoos die ihm von seiner Frau zu Weihnachten gestrickte rote Jacke gerade zu dem Zeitpunkt, in welchem der Stier auf den Buben losgegangen sei, getragen und mit der roten Jacke die Aufmerksamkeit des Stiers von dem Buben *ab*- und auf sich selbst *zu*gelenkt habe. Bei dem Begräbnis des Zementarbeiters waren Hunderte seiner Kollegen und naturgemäß wie immer in solchen Fällen auch die Direktion der Firma Hatschek vollzählig anwesend gewesen. Ganz abgesehen von der übrigen Bevölkerung, die immer gern auf solche Begräbnisse geht, weil sie das in dieser Gegend fehlende Schauspielhaus mit seinen immer wiederkehrenden Premieren ersetzen. Das *Linzer Tagblatt* veröffentlicht heute das Bild des Buben aus Rutzenmoos und das Bild des Mannes, der ihn gerettet hat, ebenfalls aus Rutzenmoos, das Bild der Frau des Retters des Buben und das Bild der roten Jacke, die die Frau ihrem Manne zu Weihnachten gestrickt hat, und das Bild des Schauplatzes des Geschehnisses und das Bild des Stieres, der von dem Rutzenmooser Zementarbeiter von dem Rutzenmooser Buben *ab*gelenkt und auf ihn selbst, den Rutzenmooser Zementarbeiter *zu*gelenkt worden war. Der bösartige Stier ist, wie das *Linzer Tagblatt* schreibt, geschlachtet worden.

Nebenverdienst

Zu unserem Entsetzen ist gerade jener unserer Nachbarn zum Mörder geworden, den wir jahrzehntelang als den gutmütigsten und arbeitsamsten und, wie wir immer geglaubt hatten, zufriedensten kennengelernt haben. Der Mann, Vorarbeiter in einer in Vorchdorf ansässig gewordenen Zinkgießerei, welcher jeden Tag um sechs Uhr früh aus dem Haus gegangen ist, um nach Vorchdorf zur Arbeit zu fahren und um sechs Uhr am Abend wieder von Vorchdorf zurückgekommen ist, um den Abend mit seiner Frau und seinen zwei Kindern zu verbringen und von welchem auch die Feuerwehr, der er naturgemäß seit seinem zehnten Lebensjahr angehört hatte, immer nur in höchstem Lobe gesprochen hat, genauso wie der Pfarrer, der ihn sehr oft zu natürlich kostenlosen Reparaturen in der Kirche heranziehen hatte können, hat vor ein paar Tagen eine sogenannte Magnetiseurin, die in der Nähe von Vorchdorf ansässig und weitum bekannt und beliebt ist, umgebracht, weil sie ihn beim Einbruch in jenes Zimmer ihres an der

Hauptstraße gelegenen Hauses überrascht hatte, in welchem der Mann die Gelder vermutete, die von der Magnetiseurin und also Heilpraktikerin im Laufe der Zeit von ihrer Klientel eingenommen und gehortet wurden. Den Gendarmen gegenüber hatte unser Nachbar angegeben, er habe sich, weil ihm die Zinkgießerei zu wenig bezahle, einen Nebenverdienst beschaffen wollen.

Silo

Zum Kriegsende hatten deutsche Soldaten in einem aufgelassenen Zementsilo bei Steinbach am Ziehberg gehaust. Bevor die Amerikaner gekommen sind, haben sie sich aus dem Silo zurückgezogen und haben den Silo von außen verriegelt. Als in diesen Tagen der Besitzer des Silos mit einem sogenannten schweren Steinhammer das in der Zwischenzeit völlig eingerostete Silotor öffnete, weil er die Absicht hat, den alten solange schon aufgelassenen Silo abzutragen und auf dem Grundstück eine Schweinemastanstalt zu bauen, hatte er eine grausige Entdeckung gemacht. In dem Silo waren, gleich hinter dem Tor, zwei völlig vermoderte menschliche Körper gelegen, die noch deutsche Uniformhosen und sogenannte Wehrmachtshemden angehabt haben. Der Bauer hatte festgestellt, daß es sich um Kameraden jener deutschen Soldaten handeln muß, die bei Kriegsende in dem Silo gehaust haben und dann über Nacht verschwunden sind. Die Behörden haben sofort versucht, die Angehörigen der beiden in dem Silo Umgekommenen zu verständigen. Noch nach zweiunddreißig Jahren waren die Papiere der beiden im Silo Aufgefundenen so gut erhalten gewesen, daß es nicht die geringste Schwierigkeit gegeben habe, sie zu entziffern. Der eine war ein Leutnant, der andere ein Gefreiter gewesen. Beide waren aus Nackenheim am Rhein. Es ist die Frage, ob jetzt ihre möglicherweise noch lebenden Kameraden ausfindig gemacht werden sollen oder nicht. Die Leute beschäftigt der Gedanke, ob die beiden absichtlich oder unabsichtlich von ihren Kameraden in dem festverriegelten Silo zurückgelassen worden sind. Ein Verbrechen sei jedenfalls nicht auszuschließen, meinen sie.

Berühmt

Jener berühmte Chirurg und Professor, der schon gleich nachdem er eine an sich gar nicht schwierige und also auch nicht gefährliche Operation abbrechen hatte müssen, weil er plötzlich die Nerven verloren und die weitere Ausführung der Operation seinem Assistenten überlassen hatte müssen, war dann in der Öffentlichkeit und also vor der wieder zu sich gekommenen Patientin nicht aufrichtig und das heißt, nicht charakterfest genug gewesen, den tatsächlichen Sachverhalt zuzugeben und hatte sich von der Patientin zur erfolgreich vorgenommenen Operation gratulieren lassen. Ganz abgesehen von den übertrieben wertvollen Geschenken, unter anderem eine goldene Taschenuhr, die Napoleon der Erste getragen haben soll, die er von der Patientin ohne weiteres angenommen hat. Wir wissen nicht, wie viele berühmte Chirurgen jeden Tag die Nerven verlieren und Operationen abbrechen und die Fortführung dieser Operationen ihren Assistenten überlassen und sich dafür gratulieren und beschenken lassen, aber ihre

Anzahl soll beinahe genauso groß sein, als es berühmte Chirurgen gibt. Und die Anzahl der unbekannten und unbedankten Assistenten, die es sich ganz einfach niemals erlauben dürfen die Nerven zu verlieren, ist ebenso hoch. Wir haben es immer vorgezogen, uns von den Assistenten der berühmten Chirurgen, die auch immer berühmte medizinische Professoren sind, operieren zu lassen, nicht von diesen Chirurgen und Professoren selbst. Und wir sind immer recht gut und lebend davongekommen.

Keine Seele

Solange sich in den Krankenhäusern die Ärzte nur für die Körper und nicht für die Seele interessieren, von welcher sie anscheinend soviel wie nichts wissen, müssen wir die Krankenhäuser als Anstalten nicht nur des öffentlichen Rechts, sondern auch des öffentlichen Mordes bezeichnen und die Ärzte als Mörder und ihre Vollzugsgenossen. Als einem sogenannten Privatgelehrten aus Ottnang am Hausruck, der wegen einer sogenannten *Merkwürdigkeit* in das Vöcklabrucker Krankenhaus eingeliefert worden war, der Körper vollkommen untersucht worden war, hatte er, wie er in einem Leserbrief an die medizinische Fachzeitschrift *Der Arzt* schreibt, gefragt: *und die Seele?* Worauf ihm der Arzt, der seinen Körper untersucht hatte, geantwortet hat: *seien Sie still!*

Der Prinz

Eine Prinzessin Radziwil, mit welcher ich an mehreren Abenden an der Weichsel bei Warschau spazieren gegangen bin, erzählte von einem Onkel, der sich an seinem fünfzigsten Geburtstag auf sein Schloß bei Radom zurückgezogen hat, weil er an seinem einundzwanzigsten Geburtstag geschworen hatte, das zu tun. Freunde, die geglaubt hatten, er würde sich dieses seines Schwurs nach dreißig Jahren nicht mehr erinnern oder ihn ganz einfach ignorieren, waren doch sehr erstaunt gewesen, daß er schon am Tag nach seinem fünfzigsten Geburtstag in Radom übernachtet und geschworen hatte, Radom nicht mehr zu verlassen. Da ihm anscheinend die Zeit bis zu seinem Tod in Radom zu lang geworden war, hatte er sich an seinem einundfünfzigsten Geburtstag erschossen. Als ich die Prinzessin fragte, warum ihr Onkel so gehandelt habe, wie sie mir erzählt hatte, sagte sie, ihr Onkel habe ihr einmal gesagt, daß er der Auffassung sei, daß fünfzig Jahre auf dieser Welt leben zu müssen, ohne letzten Endes gefragt worden zu sein, für einen denkenden Menschen vollkommen genug seien. Wer darüber hinaus existiere, sei entweder *geistes*- oder *charakter*schwach.

Der Fürst

Ein Fürst Potocky, ein Neffe jenes berühmten Potocky, der die Handschrift von Saragossa geschrieben hat und mit dieser für immer in die Weltliteratur eingegangen ist, soll eines Tages alle Jalousien seines Besitzes nahe Kazimierz nacheinander und zwar von oben nach unten geschlossen haben und sich, nachdem er sich noch einmal vergewissert hat, ob auch alle Jalousien seines Schlosses tatsächlich geschlossen sind, über dem an jener Stelle aufgeschlagenen Faust von Goethe eine Kugel in den Kopf geschossen haben, an welcher der Osterspaziergang zuende ist. Unter den Osterspaziergang soll der Fürst vor seinem Selbstmord noch einen dicken roten Strich gezogen und darunter ein Fragezeichen gesetzt haben. In seinem Testament hat er gewünscht, daß erst dreißig Jahre nach seinem Tode die Jalousien, die er, wie er ausdrücklich in demselben Testament vermerkt hatte, für eben diese dreißig Jahre geschlossen hatte, aufgemacht werden dürfen. Die Familie Potocky hat sich an seinen Wunsch gehalten. Unmittelbar nachdem die Jalousien von den Potockys wieder geöffnet worden waren, hatten sie das Schloß nahe Kazimierz verkauft.

Lec

Der Satyriker Lec, mit welchem ich bis zu seinem Tode befreundet gewesen bin und in dessen Wohnung ich mehrere Male zu Gast gewesen war und der seine philosophisch-satirischen Sätze immer in die von ihm so genannten Küchenbücher seiner Frau geschrieben hat, behauptete jedesmal, wenn ich mit ihm über eine bestimmte, etwa hundert Meter lange und dreißig Meter breite Fläche auf der sogenannten Nowy Swiat gegangen bin und ich bin, wenn ich in Warschau gewesen bin, beinahe täglich mindestens einmal mit ihm über die Nowy Swiat gegangen, daß unter dieser Fläche die gefährlichsten Gegner des derzeitigen Regimes verscharrt seien, er selbst sei Zeuge gewesen, wie die heutigen Machthaber ihre Gegner umgebracht und an dieser Stelle verscharrt hätten. Immer, wenn ich andere Leute gefragt habe, was sie zu dieser Behauptung von Lec zu sagen hätten, war ich nur mit Kopfschütteln konfrontiert gewesen und ohne Antwort geblieben. Aber Lec hat immer die Wahrheit gesagt.

Die Königsgruft

In Krakau, in welchem, wie bekannt ist, seit dem sogenannten Zweiten Weltkrieg der sogenannte Kommunismus herrscht, hat ein Mann immer, wenn er einen Besuch in der sogenannten Königsgruft auf dem Wawel gemacht hat, aus dem Sarkophag des letzten polnischen Königs die Königshymne gehört. Er hat, ohne an die Folgen zu denken, von diesem seinem sich jedesmal, wenn er die Königsgruft betreten hat, wiederholenden Erlebnis naturgemäß nicht gleich, sondern erst nach einiger Zeit, als er dieses Erlebnis schon an die hundertmal gehabt hatte, in der Stadt berichtet. Als daraufhin immer mehr Krakauer und mit der Zeit Hunderte und Tausende Krakauer zu der Königsgruft und also auf den Wawel gepilgert sind, um wie der Mann die Königshymne aus den Sarkophagen zu hören, und tatsächlich hatten Hunderte und Tausende so wie der Mann die Königshymne gehört, hat die Krakauer Polizei den Mann verhaftet und in den Kerker geworfen. Den Krakauern ist bei Strafe verboten gewesen, auf den Wawel zu gehen, die Königsgruft ist geschlossen worden. Jahrelang hat die Polizei jeden, der auf den Wawel gegangen ist, einer genauen Prüfung unterzogen. Heute ist die Königsgruft auf dem Wawel längst wieder geöffnet und kein Mensch erinnert sich mehr dieser Begebenheit.

Widerspruch

Auf einem Empfang, den der deutsche Botschafter in Lissabon gegeben hat, hat der italienische Exkönig Umberto in einem längeren Gespräch mit dem Kommunistenführer Cunhal, diesem fortwährend Komplimente gemacht, umgekehrt hatte Cunhal immer wieder die Liebenswürdigkeit gehabt, dem Exkönig die Tür aufzumachen oder einen Sessel zurechtzurücken. Es war, als wäre ich den ganzen Abend Zeuge eines durch und durch freundschaftlichen Gesprächs gewesen, in welchem der frühere Monarch ununterbrochen die kommunistische Weltrevolution und der Kommunistenführer ununterbrochen die Errungenschaften der Monarchie gelobt haben. Schließlich hat Umberto Cunhal zu sich in sein Haus in Sintra, dem angenehmsten und tatsächlich schönsten Ort Portugals, eingeladen und Cunhal hat die Einladung angenommen. Mitten in der Nacht auf meinem Heimweg durch Lissabon, war der Schrei der aufgebrachten Massen ein pervers-politischer Widerspruch.

Fruchtbarkeit

In Portugal werden die getöteten oder verendeten Hunde nicht eingegraben wie bei uns, sie verwesen und vertrocknen in der Luft. Im Alentejo zum Beispiel, liegen sie, wenn sie überhaupt von den Straßen weggeschleift worden sind, links und rechts der Straßen mit gespreizten Beinen und starren Schwänzen. Wir haben denkende Bauern getroffen, die werfen die toten Hunde unter ihre Orangenbäume, auf welchen der Ertrag mindestens immer der doppelte ist, als auf den andern.

Abgefunden

In der Universität von Coimbra, der ältesten Universität von Portugal, von welcher ich zu einer Vorlesung eingeladen worden war, hat mir ein Professor für Rechtsgeschichte, mit dem ich nach meiner Vorlesung in einem kleinen Weinlokal zum Abendessen gewesen war, gesagt, daß am Tage der sogenannten *Ersten Revolution* alle Kollegen seiner Fakultät im sogenannten Naturgeschichtskabinett der Universität aufgehängt worden sind, weil sie sich mit den damaligen Revolutionären nicht solidarisch erklären wollten. Zwei Jahre später, am Tage der sogenannten *Zweiten Revolution*, sind in eben demselben Naturgeschichtskabinett jene aufgehängt worden, die zwei Jahre vorher seine Kollegen aufgehängt hatten. Auf meine Frage, warum er selbst denn noch heute am Leben sei, antwortete er, er habe alles, was er mir gerade berichtet habe und das tatsächlich auf Wahrheit beruhe, *in einem Traum vorausgesehen*. Er habe gewußt, daß der Traum, den er schon ein Jahr vor den tatsächlichen Ereignissen gehabt habe, Wirklichkeit werden wird und habe eine auf vier Jahre befristete Einladung an die Universität Oxford in England, die ihm ein dort schon seit vielen Jahren lehrender Freund vermittelt habe, angenommen. Naturgemäß empfinde er es als bedrückend, noch heute am Leben zu sein und wieder an der Universität von Coimbra zu lehren, aber er habe sich mit dieser ununterbrochenen Bedrückung längst abgefunden.

Entscheidung

Nach vorsichtigen Schätzungen sind bei dem letzten Erdbeben, das Bukarest heimgesucht hat, zweieinhalbtausend Menschen ums Leben gekommen, die genauen Berechnungen haben aber ergeben, daß an die viertausend Menschen unter den Trümmern getötet worden sind. Diese Zahl wäre um mindestens fünfhundert geringer, wenn die Stadt gegen die ausdrückliche Anordnung des dafür zuständigen Beamten der Bukarester Verwaltung, die Trümmer jenes vollkommen zerstörten Hotels einzuebnen und nicht wegzuräumen, gehandelt und die Trümmer weggeräumt hätte. Noch eine Woche nach dem Erdbeben haben Leute aus den Trümmern das Schreien Hunderter Verschütteter gehört. Der Beamte der Stadtverwaltung hat aber das Gebiet um das Hotel abriegeln lassen solange, bis ihm berichtet worden war, daß sich unter den Trümmern überhaupt nichts mehr rührte und aus den Trümmern auch kein Laut mehr zu hören sei. Erst zweieinhalb Wochen nach dem Erdbeben ist es den Bukarestern wieder gestattet gewesen, den Trümmerhaufen zu besichtigen, welcher in der dritten Woche vollkommen eingeebnet worden ist. Der Beamte soll aus Kostengründen auf die Rettung von ungefähr fünfhundert verschütteten Gästen des zerstörten Hotels verzichtet haben. Die Rettung hätte etwa tausendmal mehr gekostet, als die Einebnung, wenn noch nicht einmal die Tatsache in Betracht gezogen worden ist, daß aus den Trümmern wahrscheinlich Hunderte Schwerverletzte zutage gefördert worden wären, die der Staat dann lebenslänglich hätte erhalten müssen. Der Beamte hatte sich naturgemäß der Zustimmung der rumänischen Regierung versichert, wie gesagt wird. Seine Beförderung auf einen höheren Regierungsposten stehe unmittelbar bevor.

Am persischen Golf haben wir die Bekanntschaft eines deutschen Bibliothekars gemacht, den die deutsche Regierung aus politischen Gründen, wie er selbst sagt, aus der Universitätsbibliothek in Marburg an der Lahn in die Stadt am persischen Golf versetzt hat. Wir haben den Bibliothekar, von dessen Existenz wir in Shiraz, wo wir mehrere Wochen gelebt haben, um die Lebensgewohnheiten der Einwohner in dieser urpersischen Stadt zu studieren, erfahren haben, in einem Krankenhaus in Shiraz aufgesucht und sind über seinen Zustand erschrocken gewesen. Der Mann war beinahe zur Gänze gelähmt gewesen und hatte sich kaum mehr verständigen können. Er habe in einer in Frankfurt erscheinenden wissenschaftlichen Zeitung einen Aufsatz gegen die deutsche Rechtsordnung veröffentlicht und sei aus diesem Grunde an den persischen Golf versetzt worden. Er habe sich mit dieser Tatsache zuerst deshalb abgefunden gehabt, weil ihn der persische Golf interessierte und weil er geglaubt hatte, sich hier wissenschaftlichen

Studien hingeben zu können. Das Klima am persischen Golf, das tatsächlich ein tödliches Klima sei, habe ihn aber schon in der kürzesten Zeit zerstört und letzten Endes vernichtet. Sein größter Fehler sei es gewesen, in den sogenannten Staatsdienst einzutreten, das habe für ihn nichts als seine systematische Zerstörung bedeutet, zuerst seine geistige und schließlich auch seine körperliche Zerstörung. Wer in den Staatsdienst eintrete, gleich aus welchen Gründen und gleich in welche Position, werde zerstört und vernichtet, sagte er uns. Er habe Hunderte Gesuche an die deutsche Regierung gerichtet, ihn aus der, wie er sich uns gegenüber ausdrückte, Hölle am persischen Golf herauszuholen, aber alle diese Gesuche seien ohne Antwort geblieben. Er sei ganz bewußt von dem Staat, dem er hatte dienen wollen, den ein einzigesmal zu kritisieren er sich aber erlaubt hatte, in den Tod getrieben worden. Wir hatten dem Bibliothekar nicht helfen können. Vier Tage nach unserem Besuch haben wir von seinem Tod erfahren. Die deutsche Regierung hat drei Wochen darauf, wie wir selbst festgestellt hatten, in der *Frankfurter Allgemeinen Zeitung* eine Todesanzeige veröffentlicht, in welcher sie den Tod des Bibliothekars bedauert. Der Staatsdienst vernichtet jeden, der in ihn eintritt. Gleich welchem Herren des Staates einer dient, er dient dem falschen.

Zurückgetreten

In Kairo hatten sich am Ende eines Empfangs, den ein französischer Botschaftsrat anläßlich des Geburtstages seiner Frau gegeben hatte, und an dem an die hundert Gäste teilgenommen hatten, die sich während des ganzen Abends hauptsächlich über die *Fleurs du mal* von Baudelaire unterhalten haben, die der Gastgeber in jahrelanger Arbeit in die ägyptische Sprache übersetzt hat, so viele Leute vor dem Aufzug im sechsten Stockwerk, in welchem der Botschaftsrat wohnte, gedrängt, daß wir, die wir Zeit gehabt haben, zurückgetreten waren. Als die Aufzugstür geschlossen gewesen war, raste der Aufzug unvermittelt und zum Entsetzen der Zurückgebliebenen in die Tiefe und zerschmetterte. Die Zurückgebliebenen waren mehrere Sekunden außerstande gewesen, sich zu bewegen, völlig wortlos waren sie in der vollkommenen Stille, die auf die Detonation gefolgt war, die das Aufplatzen des Aufzugs im Parterre verursacht hatte, stehen geblieben. Erst als die ersten Schreie zu hören gewesen waren, getrauten sie sich aus ihrer Starre zu lösen, aber sie waren unfähig gewesen, etwas Vernünftiges zu tun. Sie wollten jetzt nicht hinuntergehn und zogen sich in die Wohnung des Botschaftsrates zurück. Auch wir waren in die Wohnung des Botschaftsrates zurückgegangen, weil wir genauso wie die andern nicht fähig gewesen waren, hinunter zu gehen. Erst drei Stunden nach dem Vorfall hatten wir, zusammen mit den Andern, die Wohnung des Botschaftsrates verlassen, als uns gesagt worden war, daß die Leichen aller in dem Aufzug Getöteten weggeschafft seien. Naturgemäß beschäftigt uns noch heute oft die Frage, warum wir uns nicht in den Aufzug hineingedrängt haben und vor den Andern zurückgetreten sind. In Kairo, haben wir gehört, rasen jährlich mehrere alte Aufzüge, die überlastet sind, in die Tiefe.

Vorstellung

Nahe des koptischen Viertels in Kairo sind uns ganze Straßenzüge aufgefallen, auf deren vier- und fünfstöckigen Häusern Tausende Hühner und Ziegen und selbst Schweine gehalten werden. Wir haben uns vorzustellen versucht, was zu hören ist, wenn diese Häuser brennen.

Expedition

Der Mann der Schwester meines Großvaters, ein in Europa nicht erfolgreicher Maler, welcher durch die Heirat zu einem größeren Vermögen gekommen ist, das er dem Fleiß meines Urgroßvaters verdankte, ist Anfang des Jahrhunderts zu einer, wie er damals behauptet hatte, wissenschaftlichen Expedition nach Argentinien aufgebrochen und hat in einer mir nicht bekannten Küstenstadt Station gemacht. Die Dauer seiner Expedition und also seines Aufenthaltes in Südamerika hatte er für vier Monate veranschlagt, er soll sich mit Naturwissenschaft befaßt haben, mit einem Thema, mit welchen sich ausnahmslos alle unsere Vorfahren auseinandergesetzt haben und in welchem einige von ihnen durch Veröffentlichungen über genau dieses Thema zu Berühmtheit gelangt sind. Nachdem die vier Monate abgelaufen waren, hatte meine Großtante nichts mehr von ihrem Mann, der bis dahin von Zeit zu Zeit nach Europa geschrieben hatte, gehört. Eines Tages ist ihr durch die Post die Brieftasche ihres Mannes übermittelt worden mit dem Vermerk, ihr Mann habe in jener mir unbekannten Küstenstadt ein Pferd genommen und sei ausgeritten und nicht mehr zurückgekommen. Da zu dem Zeitpunkt seines Ausrittes, so die Augenzeugen, fürchterliche Unwetter geherrscht hatten, war angenommen worden, er sei in diesen Unwettern umgekommen. Auch von dem Pferd war keine Spur mehr aufzufinden gewesen. Die Schwester meines Großvaters hatte sich also mit dem Tod ihres ursprünglich aus Eger stammenden Mannes abzufinden gehabt und war jetzt mit ihrer zwölfjährigen Tochter, die ihr Mann hinterlassen hatte, allein gewesen. Zweiundsechzig Jahre nachdem ihr Mann in Südamerika ausgeritten und verschwunden und, wie sie sicher geglaubt hatte, tot gewesen war, hatte sie aus *Le Monde*, die vierzig Jahre ihre tägliche Lektüre gewesen war, *erfahren*, daß ihr Mann tatsächlich erst einundsechzig Jahre nachdem er von den österreichischen Behörden für tot erklärt worden war, in Rio de Janeiro gestorben ist, unverheiratet, aber von ihm dienenden Frauen umgeben und als ein in der ganzen

Welt berühmter Maler, welcher der südamerikanischen Malerei und, wie *Le Monde* geschrieben hatte, der ganzen südamerikanischen Kunst neuen Auftrieb gegeben und Weltgeltung verschafft hatte, unter demselben Namen, unter welchem er in Europa gelebt hatte, nur mit einem O am Ende. Sofort hatten seine Mutter, die inzwischen uralt gewesen war, aber nicht so alt, daß sie *Le Monde* nicht mehr lesen hätte können und ihre Tochter in Erwägung gezogen, das, wie bekannt geworden war, *ungeheuere Vermögen* ihres Mannes und Vaters durch die Gerichte einzutreiben.

Demselben Maler, von welchem ich gerade berichtet habe, hat mein Urgroßvater nahe Henndorf ein großes und für damalige Begriffe sensationell ausgestattetes Atelier bauen lassen an jener Stelle, die sich der Maler selbst aussuchen hatte können, eine Anhöhe über dem Wallersee, wo die allergünstigsten Lichtverhältnisse für einen Maler herrschen. Allein mit dem Geld, das dieses Atelier gekostet hat, hätten sie, so berichteten meine Verwandten immer wieder, mehrere Bauernhöfe kaufen und modernisieren können. Kurz nachdem das Atelier fertig gewesen war, ist, wie ich schon berichtet habe, der, für den es gebaut worden war, nach Südamerika gegangen und verschwunden und für tot erklärt worden und das Atelier hatte seine eigentliche Bestimmung verloren. Es ist, wie mir oft gesagt worden war, zwar immer, weil es in dieser kulturlosen Bauerngegend absolut eine Attraktion gewesen war, bestaunt, aber schließlich doch dem vollkommenen Verfall preisgegeben worden. Lange Zeit sollen bei den Bauern der Gegend, die alle auf irgendeine Weise mit uns verwandt sind, die von dem, aus was für einem Grunde immer, nach Südamerika ausgewanderten Maler gemalten Gemälde, riesige Leinwände, auf welche er immer nur seine eigenwillige Vorstellung von Jesus Christus gemalt habe, als sogenannte Wagenplachen Verwendung gefunden haben, wozu sie sich, wie man sich denken kann, vorzüglich eigneten. Selbstverständlich waren diese Leinwände als Wagenplachen von den Bauern nur mit dem Christus nach *innen* auf ihren Wagen befestigt worden.

Doppelgänger

Ein Mann aus Trebinje, der dem jugoslawischen Präsidenten tatsächlich zum Verwechseln ähnlich gewesen war, hatte der Staatskanzlei in Belgrad angeboten, sich für besonders anstrengende Aufgaben des Präsidenten Jugoslawiens zur Verfügung zu stellen, nicht ohne eine genaue Liste jener Aufgaben anzuführen, die er, wie er glaubte, ohne weiteres anstelle des Präsidenten ausführen könne, für die ihm der derzeitige Präsident aber körperlich schon viel zu schwach erscheine. Es sei ihm eine Ehre, anstelle des Präsidenten der sogenannten jugoslawischen Volksrepublik Aufgaben zu übernehmen, die der Präsident nicht unbedingt persönlich auszuführen habe und er verlange für seine angebotenen Dienste nichts. Da der Mann, der Belgrad schon vor drei Jahren das Angebot gemacht hat, von damals bis heute abgängig ist, glauben viele Leute nicht nur in Trebinje und Umgebung, sondern inzwischen in ganz Jugoslawien, daß er längst seinen Dienst in der jugoslawischen Hauptstadt angetreten hat. Die Leute, die ihre Vermutung äußern, werden als Verleumder bezeichnet. Jene, die wissen wollen, der Mann sei ins Gefängnis geworfen oder in eine Irrenanstalt eingeliefert oder längst liquidiert worden, werden genauso als Verleumder bezeichnet. Demnach sind alle Jugoslawen Verleumder.

Glück

Wenn die Mächtigen in ihren Staaten zu mächtig werden und durch die lange Dauer ihrer Macht nicht nur das gesamte Volksvermögen, sondern auch das ganze Geistesvermögen in ihrem Staate aufgebracht haben, wundern sich in vielen Staaten immer noch viele Leute, daß da und dort über Nacht und naturgemäß sehr oft auf die grausamste Weise die Mächtigen umgebracht werden und Anarchie herrscht. Wir können von Glück reden, sagte jener Professor aus jenem Staate zu mir, aus welchem er flüchten hatte können und in dem vorige Woche der Ministerpräsident umgebracht worden ist. Wie der Professor aber wieder in sein Land zurückgekommen ist, war er sofort an der Grenze verhaftet und in den Kerker geworfen worden, obwohl in der Zwischenzeit ein neuer Ministerpräsident und absoluter Gegner des Ermordeten an der Macht gewesen war.

Ein Staatspräsident in Mitteleuropa, in welchem die Staatspräsidenten heute jeden Augenblick um ihr Leben fürchten müssen und das mit Recht, hat seinem Vertrauten einen von ihm in Hunderten von schlaflosen Nächten ausgearbeiteten Plan eröffnet, der es dem Staatspräsidenten über Nacht ermögliche, den Staat, den er, wie auch alle anderen Staatspräsidenten in Mitteleuropa den ihren, naturgemäß folgerichtig in den absoluten Ruin geführt hat, unter Mitnahme eines derartig großen Vermögens im Stich zu lassen, daß ihm ein, gleich wie langes und sicheres und luxuriöses Leben in einem dazu ideal geeigneten Ausland sicher sei. Er wolle seinen Plan schon in der kürzesten Zeit verwirklichen, es sei aber notwendig, daß sein Vertrauter vollkommenes Stillschweigen darüber bewahre. Der Vertraute, der schon Jahrzehnte das Vertrauen des Staatspräsidenten genossen hatte, versprach dem Staatspräsidenten sein Stillschweigen, der Staatspräsident seinerseits versprach dem Vertrauten ein so großes Vermögen, das es dem

Vertrauten ermöglichen sollte, so wie er, der Staatspräsident, nach geglückter Flucht, bis ans Lebensende sorglos und tatsächlich luxuriös zu leben. Der Staatspräsident und sein Vertrauter waren sich noch keine zwei Minuten einig gewesen, hatte der Vertraute die ganze Sache vereinfacht und den Staatspräsidenten durch einen geschickt abgegebenen Genickschuß getötet und sich selbst zum Staatspräsidenten ausgerufen. Er hat augenblicklich alle Anhänger seines Vorgängers und Vorbildes liquidiert und den, der die meisten Anhänger seines Vorgängers und Vorbildes umgebracht hatte, zu seinem Vertrauten gemacht. Da er jetzt das Urbild der Staatsgeschichte schon kannte, wartete er naturgemäß nurmehr noch auf die günstigste Gelegenheit, sich dieses seines Vertrauten zu entledigen, bevor jener ihn liquidieren konnte. Er hatte aber zu langsam gehandelt.

Konsequenz

Am Ende einer philosophischen Auseinandersetzung, die zwei Grazer Professoren jahrzehntelang gequält und nicht nur sie selbst, sondern auch ihre Familien in den Ruin geführt hat und die, wie sie eines Tages hellsichtig einem dritten Kollegen gegenüber gesagt haben sollen, wie alle philosophischen Auseinandersetzungen zu nichts führte und die schließlich und naturgemäß auch diesen Kollegen, den sie mit der Zeit in ihre Auseinandersetzung hineingezogen hatten, in den Ruin und tatsächlich in den Wahnsinn getrieben haben soll, hatten die zwei Grazer Professoren, nachdem sie sozusagen schon gewohnheitsmäßig ihren dritten Kollegen und Kontrahenten in ihr gemeinsam für nichts anderes als für ihre philosophische Auseinandersetzung gemietetes Haus eingeladen hatten, dieses Haus in die Luft gesprengt. Für das dafür notwendige Dynamit hatten sie den letzten Rest ihres Vermögens ausgegeben gehabt. Da zum Zeitpunkt der Explosion auch die Familien aller drei Professoren vollzählig in ihrem

Hause anwesend gewesen waren, hatten sie auch ihre Familien in die Luft gesprengt. Die hinterbliebenen Verwandten eines der drei Professoren und Kontrahenten, für welche ihre jahrzehntelange philosophische Auseinandersetzung, wie sie selbst bewiesen haben, tödlich gewesen war, hatten zuerst eine Klage gegen den Staat in Erwägung gezogen, weil sie der Meinung gewesen waren, der Moral- und Geistesbankrott des Staates habe die drei in den Tod getrieben, haben eine solche Klage aber dann doch nicht eingebracht, weil sie die Sinnlosigkeit einer solchen Klage eingesehen haben.

Nahe Sulden

Nahe Sulden, in einem abgelegenen Gasthaus, in welches ich mich vor Jahren für mehrere Wochen zurückgezogen habe, um so wenig Menschen als möglich zu sehen und nur mit dem Allernotwendigsten Kontakt zu haben, wofür sich die Gegend um Sulden wie keine zweite eignet, vor allem auch meiner kranken Lunge zuliebe war ich in die Abgeschiedenheit von Sulden gegangen, welche ich von früher her kannte, hat mir der einzige Gast außer mir, ein Herr Natter aus Innsbruck, welcher behauptete, einmal Rektor der Innsbrucker Universität gewesen zu sein, wegen einer Verleumdungssache aber von diesem Amt entlassen und tatsächlich sogar ins Gefängnis geworfen worden zu sein, obwohl sich dann bald seine Unschuld herausgestellt hatte, jeden Tag berichtet, was er die vergangene Nacht geträumt hat. Unter anderem, daß er auf Hunderte von Tiroler Ämtern gelaufen sei, um die Erlaubnis zu erhalten, das Grab seines Vaters öffnen zu lassen, was ihm aber verweigert worden war, worauf er selbst versucht habe, das

Grab seines Vaters zu öffnen, was ihm schließlich nach Stunden angestrengtesten Schaufelns gelungen sei. Er habe seinen Vater noch einmal sehen wollen. Als er aber den Sarg öffnete und tatsächlich den Deckel abgenommen hatte, war in dem Sarg nicht sein Vater, sondern ein totes Schwein gelegen. Wie immer, hatte Natter auch in diesem Falle wissen wollen, was sein Traum bedeute.

Perast

In Perast hatten wir mehrere Leute angesprochen, von welchen wir wissen wollten, wem die verlassenen und schon beinahe gänzlich verfallenen Paläste und anderen Häuser einmal gehörten, weil wir darüber nichts gelesen hatten. Die von uns Angesprochenen hatten aber auf unsere Fragen nur gelacht und hatten sich umgedreht und waren davongelaufen. Ein paar Kilometer weiter, in Risan, haben wir gehört, daß in Perast kein normaler Mensch mehr sei, die ganze Stadt sei einer größeren Anzahl von Verrückten überlassen, die dort machen könnten, was sie wollen und die nur einmal in der Woche vom Staat mit Lebensmitteln versorgt werden.

Wahnsinn

Ein Briefträger ist in Lend suspendiert worden, der jahrelang alle Briefe, in welchen er traurige Nachrichten vermutete und naturgemäß alle an ihn gekommenen Partezetteln nicht ausgetragen, sondern bei sich zuhause verbrannt hat. Die Post hat ihn schließlich in die Irrenanstalt Scherrnberg einweisen lassen, wo er in einer Briefträgeruniform umhergeht und fortwährend Briefe austrägt, die von der Irrenhausverwaltung in einen eigens dafür an einer der Irrenhausmauern angebrachten Briefkasten hineingeworfen werden und die an seine Mitpatienten adressiert sind. Der Briefträger habe schon gleich nach seiner Einweisung in die Irrenanstalt Scherrnberg um seine Briefträgeruniform ersucht, *um nicht wahnsinnig werden zu müssen*, wie es heißt.

Sorgfalt

Ein des Mordes an einer schwangeren Frau angeklagter Postbeamter hat vor Gericht angegeben, er wisse nicht, warum er die Schwangere umgebracht habe, er habe sein Opfer aber *so sorgfältig als nur möglich* umgebracht. Auf alle Fragen des Gerichtsvorsitzenden hatte er immer nur das Wort *sorgfältig* gesagt, worauf das Verfahren gegen ihn eingestellt worden ist.

In Rom

In einem römischen Krankenhaus ist die intelligenteste und bedeutendste Dichterin, die unser Land in diesem Jahrhundert hervorgebracht hat, an den Folgen von Verbrühungen und Verbrennungen gestorben, die sie sich in ihrer Badewanne zugezogen haben muß, wie die Behörden festgestellt haben. Ich habe mit ihr Reisen unternommen und ich habe auf diesen Reisen viele ihrer philosophischen Ansichten geteilt, auch ihre Ansichten über den Gang der Welt und den Ablauf der Geschichte, von welchem sie zeitlebens erschrocken gewesen war. Viele Versuche ihrerseits, in ihre österreichische Heimat zurückzukehren, sind immer wieder an der Unverschämtheit ihrer Rivalinnen und an der Geistlosigkeit der Wiener Behörden gescheitert. Die Nachricht von ihrem Tode erinnerte mich daran, daß sie der erste Gast in meinem noch vollkommen leeren Hause gewesen war. Sie war fortwährend auf der Flucht gewesen und in den Menschen hatte sie immer das gesehen, das sie wirklich sind, die stumpfsinnige, geistlose, rücksichtslose

Masse, mit welcher tatsächlich nur zu brechen ist. Sie hatte wie ich schon sehr früh den Zugang zur Hölle ausfindig gemacht und war in diese Hölle hineingegangen, auch auf die Gefahr hin, schon sehr früh in dieser Hölle zugrunde zu gehen. Die Leute rätseln, ob ihr Tod nur ein Unglück oder tatsächlich Selbstmord gewesen war. Die an den Selbstmord der Dichterin glauben, sagen immer wieder, sie sei an sich selbst zerbrochen, während sie in Wirklichkeit naturgemäß nur an ihrer Umwelt und im Grunde an der Gemeinheit ihrer Heimat zerbrochen ist, von welcher sie auch im Ausland auf Schritt und Tritt verfolgt worden war wie so viele.

Entzogen

In den letzten Monaten haben sich drei ehemalige Studienkollegen umgebracht, die meine Freunde gewesen sind und die mich beinahe mein ganzes Leben mit ihren Künsten begleitet und die mir meine eigene Existenz tatsächlich überhaupt erst möglich gemacht haben. Jetzt ist es plötzlich leer geworden um mich. Der Musiker hat sich umgebracht (erschossen), weil die Menschen kein Ohr für seine Kunst gehabt haben. Der Maler hat sich umgebracht (erhängt), weil die Menschen keine Augen für seine Kunst gehabt haben. Der Naturwissenschaftler, mit welchem ich schon auf die Volksschule gegangen bin, hat sich umgebracht (vergiftet), weil die Menschen seiner Meinung nach überhaupt keinen Kopf für seine Naturwissenschaft gehabt haben. Alle drei haben sich aus Verzweiflung darüber dem Leben entziehen müssen, daß die Welt keine ihnen und ihren Künsten und Wissenschaften entsprechenden Aufnahmeorgane und Aufnahmefähigkeiten mehr gehabt hat.

Wie Robert Schumann

Als Grund für den Selbstmord seines Bruders hat ein Arzt in Wels, mit welchem ich einmal in die Volksschule gegangen bin und der von der Medizin immer mehr von seinen geistigen und künstlerischen Fähigkeiten abgedrängt worden und in seinem Berufe als einer totalen Spekulation mit dem menschlichen Körper aufgegangen ist, angegeben, dieser Bruder habe zeitlebens darunter gelitten, daß er an eine, wie er sagte, hochbegabte Musikerin und Konzertpianistin gekommen sei, die nach und nach seine Talente, die außergewöhnlich gewesen seien, mit den ihrigen zuerst *unter*drückt und dann tatsächlich *er*drückt habe, was mich an den unglücklichen genialen Robert Schumann erinnert.

Verehrung

Unsere Verehrung für einen Schriftsteller, dem wir uns zeitlebens nicht zu nähern getrauten, war zweifellos auf dem Höhepunkt, als wir, indem wir in dem gleichen Hotel abgestiegen sind, in welchem der von uns verehrte Schriftsteller schon eine zeitlang gewohnt hatte und durch Vermittlung eines Freundes mit dem von uns Bewunderten eines Tages auf der Terrasse des Hotels bekanntgemacht wurden. Wir erinnern uns an kein besseres Beispiel für die Tatsache, daß Annäherung eigentlich nichts als Entfernung bedeutet. Je näher wir nach dem ersten Zusammentreffen unserem Schriftsteller gekommen sind, desto mehr und in gleicher Intensität haben wir uns von ihm entfernt, in dem gleichen Verhältnis, in welchem wir in seine Persönlichkeit eingedrungen sind, haben wir uns aus seinem Werk entfernt, jedes Wort, das er uns gegenüber gesprochen hat, jeder Gedanke, den er uns gegenüber gedacht hat, hat uns um dasselbe Wort und um denselben Gedanken aus seinem Werk entfernt. Er hat es uns schließlich vergraust und zersetzt und aufgelöst und zurückgenommen. Als wir das Hotel verlassen hatten, worüber wir allein durch den Umstand, daß wir jetzt wieder ohne diesen Schriftsteller auskommen durften, froh gewesen waren, hatten wir den Eindruck, daß sich für uns der Schriftsteller und seine Persönlichkeit genauso für immer erledigt hatten, wie sein Werk. Der Autor dieser Hunderte von Gedanken und Einfällen und Erkenntnissen, dem wir jahrzehntelang mit unserem Verstande gedient und in unserer Liebe treu geblieben waren, hatte, indem er unsere Bekanntschaft nicht verweigert, sondern sie schließlich gegen unseren Willen gesucht hatte, sein Werk vernichtet. Wenn wir in Zukunft nur seinen Namen hörten, waren wir davon abgestoßen gewesen.

Genie

In Wien, wo die Rücksichtslosigkeit und die Unverschämtheit gegen die Denker und gegen die Künstler immer am größten gewesen ist und das sicher als der größte Friedhof der Phantasien und Ideen bezeichnet werden darf und in welchem tausendmal mehr Genies verkommen und verkümmert und vernichtet worden sind, als in Wien tatsächlich zum Vorschein und zu Berühmtheit und Weltberühmtheit gekommen sind, ist in einem Hotel in der Innenstadt ein Mann tot aufgefunden worden, der mit vollkommen klarem Kopf die eigentliche Ursache seines Selbstmordes auf einen Zettel geschrieben und diesen Zettel an seine Jacke geheftet hat. Er habe jahrzehntelang eine Idee verfolgt und diese seine Idee, eine philosophische Idee naturgemäß, tatsächlich in einem größeren Werk verwirklichen und zum Abschluß bringen können und seine ganzen Kräfte seien schließlich von dieser Idee aufgefressen gewesen. Die Anerkennung, die er aber erwartet hatte, sei ausgeblieben. Obwohl er schließlich um Anerkennung *gebettelt* habe, sei sie ihm von den Stellen und von den Leuten verweigert worden, die dafür zuständig gewesen wären. Es habe nichts genützt, daß er die Ungeheuerlichkeit seines Werkes unter Beweis gestellt habe. Nicht nur Kollegenneid, die ganze geistesfeindliche Atmosphäre dieser Stadt habe ihn in den Tod getrieben, ihre kopflose Unmenschlichkeit. Er habe aber, weil er seinen Charakter nicht desavouieren wolle, sein Werk noch vor seinem Selbstmord verbrannt, sein Lebenswerk verbrannt und tatsächlich in wenigen Augenblicken wieder zu nichts gemacht, nachdem es Jahrzehnte zu seiner Entstehung gebraucht hatte und es nicht einer Nachwelt hinterlassen wollen, die es in keinem Falle verdiente. Die entsetzliche Vorstellung, daß er wie so viele seinesgleichen, erst nach seinem Tode anerkannt und also ausgenützt und berühmt werde, habe ihn seine Errungenschaft, die tatsächlich viel höher einzuschätzen sei, als alles bisher auf seinem Gebiete Gedachte und Geschriebene, vernichten lassen. Die Stadt Wien, so hat er abschließend auf seinen Zettel geschrieben, lebt seit sie besteht, von den

Werken ihrer genialen Selbstmörder, er sei nicht gewillt, Glied zu sein in dieser Genienkette.

Neunhundertachtundneunzigmal

Unlängst ist bekannt geworden, daß ein Gymnasiast auf der sogenannten Floridsdorfer Brücke zusammengebrochen ist, nachdem er an die tausendmal auf der Floridsdorfer Brücke hin- und hergegangen war. Er hat angegeben, auf dem Weg in die Schule, von einer plötzlichen, wie er es genannt haben soll, *unmenschlichen Schulangst* befallen worden zu sein, die ihn nicht mehr von der einmal betretenen Brücke heruntergehen und auf der Brücke an die tausendmal hin- und hergehen habe lassen. Er habe, um sich von seiner Angst abzulenken, seine Schritte gezählt, die er auf seinem Hinundherweg auf der Floridsdorfer Brücke gemacht habe, schließlich in dieser Ablenkung aber aufgegeben, weil sie über seine Kräfte gegangen sei. Er habe aber doch wenigstens *zählen und sich merken* können, wie oft er auf der Floridsdorfer Brücke hin und wie oft her gegangen ist. Genau neunhundertachtundneunzigmal. Die Eltern haben den erschöpften, von Beamten in eine Polizeiwachstube auf dem sogenannten *Floridsdorfer Spitz* abgeführten Sechzehnjährigen abgeholt. Was weiter mit ihm geschehen wird, kann nicht gesagt werden.

Zurückgekehrt

Wenn die Zeitungen hierzulande überhaupt von einem aus ihrem Lande stammenden hervorragenden, ja schon weltbedeutenden und weltberühmten Künstler sprechen, sprechen sie immer nur von einem *gewissen* Künstler, weil sie diesem dadurch viel größeren Schaden zufügen können in seiner Heimat, als wenn sie gleich schreiben würden, was sie in Wahrheit und in Wirklichkeit von diesem Künstler denken, welchen sie, weil er aus ihrem Lande gekommen ist und ihrer Generation angehört, die nicht gar soviel Nennenswertes hervorgebracht hat, wie nichts hassen und ihn bis an sein und an ihr Lebensende mit ihrem Haß verfolgen. Sie verzeihen ihm nicht, daß er sie eines Tages aufgegeben hat für seine Kunst und für seine Wissenschaft und mit seinem unaufhörlich vorangetriebenen Werke fortwährend seine Größe und ihre Nichtigkeit unter Beweis stellt. Wenn sie gar nicht mehr anders können, weil alle Welt über diesen ihrer Meinung nach gemeinen Abtrünnigen schreibt, schreiben auch sie, aber sie ziehen, indem sie gleich was schreiben, den von ihnen lebenslänglich Verfolgten in den Schmutz. Sie merken nicht, daß sie selbst dadurch immer tiefer in diesen Schmutz hineinsinken. Sie haben mit ihrem Neid und mit ihrem Haß meinen Freund bis nach Newcastle in Australien getrieben, wo er sich für seine Wissenschaft vollkommen aufopferte. Als er mir vor Jahren, von Heimweh geplagt, ankündigte, er werde Newcastle aufgeben und in seine Heimat zurückkehren, habe ich ihn sofort telegrafisch vor einer Rückkehr in seine Heimat gewarnt und ihn darauf aufmerksam gemacht, daß diese seine Heimat in Wahrheit nurmehr noch eine gemeine Hölle sei, in welcher ununterbrochen der Geist verleumdet und die Wissenschaft und die Kunst vernichtet werden und daß seine Rückkehr sein Ende bedeute. Er hat meinen Rat nicht befolgt. Er ist ein todkranker Mann, für welchen schon jahrelang die Irrenanstalt *Am Steinhof* der ordentliche, gleichzeitig entsetzliche Wohnsitz ist.

Bibliothek Suhrkamp

Verzeichnis der letzten Nummern

926 Wolfgang Koeppen, Tauben im Gras/Das Treibhaus/Der Tod in Rom
927 Thomas Bernhard, Holzfällen
928 Danilo Kiš, Ein Grabmal für Boris Dawidowitsch
929 Janet Frame, Auf dem Maniototo
930 Peter Handke, Gedicht an die Dauer
931 Alain Robbe-Grillet, Der Augenzeuge
934 Leonid Leonow, Evgenia Ivanovna
935 Marguerite Duras, Liebe
936 Hans Erich Nossack, Das Mal und andere Erzählungen
937 Raymond Queneau, Die Haut der Träume – »Fern von Rueil«
938 Juan Carlos Onetti, Leichensammler
939 Franz Hessel, Alter Mann
940 Bernard Shaw, Candida
941 Marina Zwetajewa, Mutter und die Musik
942 Jürg Federspiel, Die Ballade von der Typhoid Mary
943 August Strindberg, Der romantische Küster auf Rånö
944 Alberto Savinio, Maupassant und der andere
945 Hans Mayer, Versuche über Schiller
946 Martin Walser, Meßmers Gedanken
947 Ödön von Horváth, Jugend ohne Gott
948 E. M. Cioran, Der zersplitterte Fluch
949 Alain, Das Glück ist hochherzig
950 Thomas Pynchon, Die Versteigerung von No. 49
951 Raymond Queneau, Heiliger Bimbam
952 Hermann Ungar, Die Verstümmelten
953 Marina Zwetajewa, Auf eigenen Wegen
954 Maurice Blanchot, Thomas der Dunkle
955 Thomas Bernhard, Watten
956 Eça de Queiroz, Der Mandarin
957 Norman Malcolm, Erinnerungen an Wittgenstein
958 André Gide, Aufzeichnungen über Chopin
959 Wolfgang Hoffmann-Zampis, Erzählung aus den Türkenkriegen
961 August Scholtis, Jas der Flieger
962 Giorgos Seferis, Poesie
963 Andrzej Kuśniewicz, Lektion in einer toten Sprache
964 Thomas Bernhard, Elisabeth II.
965 Hans Blumenberg, Die Sorge geht über den Fluß
966 Walter Benjamin, Berliner Kindheit, Neue Fassung
967 Marguerite Duras, Der Liebhaber
968 Ernst Barlach, Der gestohlene Mond
969 Tschingis Aitmatow, Der weiße Dampfer
970 Christine Lavant, Gedichte
971 Catherine Colomb, Tagundnachtgleiche
972 Robert Walser, Der Räuber
973 Franz Rosenzweig, Der Stern der Erlösung

974 Jan Józef Szczepański, Ikarus
975 Melchior Vischer, Sekunde durch Hirn/Der Hase
976 Juan Carlos Onetti, Grab einer Namenlosen
977 Vincenzo Consolo, Die Wunde im April
978 Jürgen Becker, Felder
979 E. M. Cioran, Von Tränen und von Heiligen
980 Olof Lagercrantz, Die Kunst des Lesens und des Schreibens
981 Hermann Hesse, Unterm Rad
982 T. S. Eliot, Über Dichtung und Dichter
983 Anna Achmatowa, Gedichte
984 Hans Mayer, Ansichten von Deutschland
985 Marguerite Yourcenar, Orientalische Erzählungen
986 Robert Walser, Poetenleben
987 René Crevel, Der schwierige Tod
988 Scholem-Alejchem, Eine Hochzeit ohne Musikanten
989 Erica Pedretti, Valerie
990 Samuel Joseph Agnon, Der Verstoßene
991 Janet Frame, Wenn Eulen schrein
992 Paul Valéry, Gedichte
993 Viktor Šklovskij, Dritte Fabrik
994 Yakup Kadri, Der Fremdling
995 Patrick Modiano, Eine Jugend
997 Thomas Bernhard, Heldenplatz
998 Hans Blumenberg, Matthäuspassion
999 Julio Cortázar, Der Verfolger
1000 Samuel Beckett, Mehr Prügel als Flügel
1001 Peter Handke, Die Wiederholung
1002 Else-Lasker-Schüler, Arthur Aronymus
1003 Heimito von Doderer, Die erleuchteten Fenster
1004 Hans-Georg Gadamer, Das Erbe Europas
1005 Hans Jonas, Das Prinzip Verantwortung
1006 Marguerite Duras, Aurelia Steiner
1007 Juan Carlos Onetti, Der Schacht
1008 E. M. Cioran, Auf den Gipfeln der Verzweiflung
1009 Marina Zwetajewa, Ein gefangener Geist
1010 Christine Lavant, Das Kind
1011 Alexandros Papadiamantis, Die Mörderin
1012 Hermann Broch, Die Schuldlosen
1013 Benito Pérez Galdós, Tristana
1014 Conrad Aiken, Fremder Mond
1015 Max Frisch, Tagebuch 1966–1971
1016 Catherine Colomb, Zeit der Engel
1017 Georges Dumézil, Der schwarze Mönch in Varennes
1018 Peter Huchel, Gedichte
1019 Gesualdo Bufalino, Das Pesthaus
1020 Konstantinos Kavafis, Um zu bleiben
1021 André du Bouchet, Vakante Glut / Dans la chaleur vacante
1022 Rainer Maria Rilke, Briefe an einen jungen Dichter
1023 René Char, Lob einer Verdächtigen / Eloge d'une Soupconnée
1024 Cees Nooteboom, Ein Lied von Schein und Sein

1025 Gerhart Hauptmann, Das Meerwunder
1026 Juan Benet, Ein Grabmal / Numa
1027 Samuel Beckett, Der Verwaiser / Le dépeupleur / The Lost Ones
1028 Ulrich Plenzdorf, Die neuen Leiden des jungen W.
1029 Bernhard Shaw, Die Abenteuer des schwarzen Mädchens auf der Suche nach Gott
1030 Francis Ponge, Texte zur Kunst
1031 Tankred Dorst, Klaras Mutter
1032 Robert Graves, Das kühle Netz / The Cool Web
1033 Alain Robbe-Grillet, Die Radiergummis
1034 Robert Musil, Vereinigungen
1035 Virgilio Piñera, Kleine Manöver
1036 Kazimierz Brandys, Die Art zu leben
1037 Karl Krolow, Meine Gedichte
1038 Leonid Andrejew, Die sieben Gehenkten
1039 Volker Braun, Der Stoff zum Leben 1-3
1040 Samuel Beckett, Warten auf Godot
1041 Alejo Carpentier, Die Hetzjagd
1042 Nicolas Born, Gedichte
1043 Maurice Blanchot, Das Todesurteil
1044 D. H. Lawrence, Der Mann, der Inseln liebte
1045 Jurek Becker, Der Boxer
1046 E. M. Cioran, Das Buch der Täuschungen
1047 Federico García Lorca, Diwan des Tamarit / Diván
1048 Friederike Mayröcker, Das Herzzerreißende der Dinge
1049 Pedro Salinas, Gedichte / Poemas
1050 Jürg Federspiel, Museum des Hasses
1052 Alexander Blok, Gedichte
1053 Raymond Queneau, Stilübungen
1054 Dolf Sternberger, Figuren der Fabel
1055 Gertrude Stein, Q. E. D.
1057 Marina Zwetajewa, Phoenix
1058 Thomas Bernhard, In der Höhe, Rettungsversuch, Unsinn
1059 Jorge Ibargüengoitia, Die toten Frauen
1060 Henry de Montherlant, Moustique
1061 Carlo Emilio Gadda, An einen brüderlichen Freund
1062 Karl Kraus, Pro domo et mundo
1063 Sandor Weöres, Der von Ungern
1064 Ernst Penzoldt, Der arme Chatterton
1065 Giorgos Seferis, Alles voller Götter
1066 Horst Krüger, Das zerbrochene Haus
1067 Alain, Die Kunst sich und andere zu erkennen
1068 Rainer Maria Rilke, Bücher Theater Kunst
1069 Claude Ollier, Bildstörung
1070 Jörg Steiner, Schnee bis in die Niederungen
1071 Norbert Elias, Mozart
1072 Louis Aragon, Libertinage
1073 Gabriele d'Annunzio, Der Kamerad mit den Wimpernlosen Augen
1075 Max Frisch, Biedermann und die Brandstifter
1076 Willy Kyrklund, Vom Guten

Bibliothek Suhrkamp

Alphabetisches Verzeichnis